贞观出品

西安次要生活观察

陈锵 著

Living in Xi'an: An Alternative View

陕西师范大学出版总社

图书代号　WX23N0586

图书在版编目（CIP）数据

西安次要生活观察/陈锵著.—西安：陕西师范大学出版总社有限公司，2023.4
ISBN 978-7-5695-3492-4

Ⅰ.①西… Ⅱ.①陈… Ⅲ.①社会生活—概况—西安 Ⅳ.①D669.3

中国国家版本馆CIP数据核字（2023）第008093号

XI'AN CIYAO SHENGHUO GUANCHA
西 安 次 要 生 活 观 察

陈　锵　著

责任编辑	徐小亮
责任校对	任　宇
装帧设计	整个设计
出版发行	陕西师范大学出版总社
	（西安市长安南路199号　邮编710062）
网　　址	http://www.snupg.com
印　　刷	陕西龙山海天艺术印务有限公司
开　　本	889 mm×1194 mm　1/32
印　　张	7
字　　数	167千
版　　次	2023年4月第1版
印　　次	2023年4月第1次印刷
书　　号	ISBN 978-7-5695-3492-4
定　　价	58.00元

读者购书、书店添货或发现印装质量问题，请与本公司营销部联系、调换。
电话：（029）85307864　85303629　　传真：（029）85303879

本书献给我钟爱的小向
感谢她的爱与温柔

大约是在六七年前吧,我在一家小馆子第一次见到陈锵。当时"贞观"微信公众号初创,断续向他约过一些稿件文章。我们吃了个简单的饭,喝了不多的酒,我邀请他加入我们的团队,他很干脆答应了。从此写作不断,成为"贞观"最具文字辨识度和人气的作者。

通过那些文字,许多读者会把陈锵想象为一个幽默风趣、神采飞扬的男人。现实中的他却恰恰相反,在不熟悉的人跟前,他时常显得沉默甚至木讷,偶尔还会露出与其年龄不相称的羞涩一笑。一开始,还有不少朋友托我约陈锵吃饭,他们是陈锵文字的粉丝,但当我带他赴过那么两三次饭局后,那些朋友就再也不提这样的要求了。

饭桌上的人们总会想方设法融入某种共同的氛围——通过各种话题也通过各种肢体语言彼此讨好,然而陈锵自带一种疏离气质,他会倾听却总是懒得表达。觥筹交错的社交场合并不适合他。也正因此,我能想象当他在市井小店专心吃一碗葫芦头,间或抬起头打量四周,无意间听到隔壁桌的大哥大姐大声谈笑或者抱怨生活,他埋下头继续沉默地吃饭,这一刻他与这些人世间的嘈杂声色融为一体却又若即若离,就如同那些文章所呈现的状态。

无论是一碗葫芦头,一次爬山见闻,还是短视频里那些县城生活,陈锵的写作题材大多围绕普通人的市井生活展开。他写的是普通人生活的群像。普通人的生活其实更加难写，因为普通人的生活看不到激烈的冲突，看不到紧张饱满的情绪，看不到对命运的抗争，能看到的往往就是一幕幕相似的日常而已，就如陈镪在文章里提到的，"在大时代的池塘里，每一朵浮萍，都是同一种模样"。

普通人的市井生活，人们都司空见惯，然而陈镪能够剪影。他无须去状写那些舞台式的人物，对于他笔下的那些普通人来说，普通的日常生活就是他们唯一的舞台。他时常会调侃，但那些调侃却不会惹人生厌，通过文字你可以清楚感受到，他的调侃不是来自居高临下的打量，而是源自某种深切的"理解之同情"——他调侃某个县城里那些看似粗俗的短视频内容，也在那些短视频底下的留言里捉摸到了"小县城在时代变化之中的激昂与失落，有人高楼宴请，有人泥泞求生，有努力追赶时代的迷茫与冲动，也有对逝去时光的追忆"。说到底，即便是时代里的浮萍，也是想要用力生活，也是想要往下扎根的，当个体生活的陈迹烟消云散，激不起一点浪花，而陈镪却能够把握那些细节，那许多看似调侃的文章其实是一种慰藉。

如今，陈镪过去几年的随笔文章结集出版，对早已通过网络认识熟悉他文章的读者来说，或许显得多此一举，但对许多真心喜爱这些文字的读者来说，又有着别样的意义。其中自然也包括我。说起来好像是有点奇怪，共事这么多年了，我对陈镪文字的熟悉程度要远超他本人，也能体会他那些貌似玩世不恭的文字背后的端正用心。于今而言，端正写作是一件越来越难的事，能真切表达所见所闻已经殊为不易，许多人讷讷不能成言语，所幸还有陈镪以及许多"贞观"的写作者，钩沉市井往事，使公共媒体斯文不坠，也算是"强呵冻墨吟小诗"吧。

2023 年 3 月 6 日于西安

目录
contents

为什么关中人到了一定年纪，就会爱上吃水晶饼？……………1

西安吹牛套路指南………………………………………5

陕西酒局"活命"指南……………………………………9

西安男子和他的伙计………………………………………19

当代西安中老年大妈朋克生活指南………………………25

文艺青年游西仓指南………………………………………31

时装周没这些西仓大爷，我可不看…………………………39

到了西安环城公园，才知道身体不好………………………49

我在西安北郊目睹了王者之间的尬舞………………………55

每个夜晚，都有西安人去桃花潭公园K歌……………………59

去钟楼听了个"野生"演唱会，听完后半边屁股都麻了……65

当一座计划经济时期的商场成为西安新的网红打卡地……73

真·西安人过夏天图鉴……………………………………81

在西安吃了一碗"民工面"，感觉这辈子都不会饿………87

为什么西安中年男人吃葫芦头都要喝酒？ …………… 93

怎样在西安演好一个美食播主？ ………………………… 99

草地野餐，都市丽人的精神推拿 ………………………… 105

春天，十万个西安人去露营 ……………………………… 111

十万个西安人在出片 ……………………………………… 117

十万个抓捕春天的西安人 ………………………………… 123

看西安人挖野菜，比自己挖还上瘾 ……………………… 129

为什么网上说一半西安人去爬了圭峰山？ ……………… 135

为什么去秦岭爬一次山，嗓子会疼好几天？ …………… 143

每天，都有人想在长安樊川公园找到那片海 …………… 149

一到秋天，为什么一些西安人喜欢去山里爬树？ ……… 157

"心急吃不了热豆腐"这句话，为什么在杜曲是错的？ … 161

我去了最热闹最江湖的王曲庙会 ………………………… 169

黑夜让这些长安区老汉更兴奋 …………………………… 177

户县"摇火车"，看完之后脑瓜子嗡嗡响了好几天 …… 185

长安的麦地里，文艺青年含量已经严重超标 …………… 191

为什么一些西安人喜欢看云海？ ………………………… 197

去少陵原看日落吧，我们的生活仍然美好 ……………… 205

为什么关中人到了一定年纪，
就会爱上吃水晶饼？

爱上吃水晶饼，跟发现自己进入中年，都是很突然的事情。

可能是在一个黄昏的日落中，一次跟朋友喝着茶的午后，或者又只是一次深夜突然醒转后坐在沙发上陷入沉思的短暂间隙。总之，在一些生活片段里，在忽然之间，他脑海里总会开始浮现出水晶饼的模样。

西安次要生活观察

爱上吃水晶饼，跟发现自己进入中年，都是很突然的事情。

可能是在一个黄昏的日落中，一次跟朋友喝着茶的午后，或者又只是一次深夜突然醒转后坐在沙发上陷入沉思的短暂间隙，总之，在一些生活片段里，在忽然之间，他脑海里总会开始浮现出水晶饼的模样。

据我的观察，年轻人不怎么爱吃水晶饼，因为压不住。比方说我，每次吃到里面的青红丝，就有一种过年骑自行车回家但车轱辘是六边形的感觉，而且馅料里的冰糖齁甜，吃完一个，就像吃进去一块石头，然后沉甸甸地压在心头。只有年届不惑的中年人才钟情于水晶饼，像是吞下一块泰山石，身体只顾着跟糖分斗争，顾不上想生活中的其他事。

水晶饼也不大，吃一块总让人觉得意犹未尽，明明甜味在口腔中还没有消散，但手中的水晶饼已经没有了。这像极了青春，你以为人的青春是一点点流逝掉的，但现实告诉你不是。转眼间眼前就只剩下掉落在茶几或者衣服上的饼皮残渣。一块水晶饼是这样，一个人的青春也是这样，都是一瞬间就没有了的。于是开始怅然，既然青春留不住，那就只好再吃一块。

所以当你的关中朋友跟你讲，最近喜欢上吃水晶饼了，那你就得上心了，他不是准备跟你探讨一个人口味的变化是如何产生的，他是在告诉你，他发现自己人到中年了。你说，懂了。但又不知道要跟他再聊些什么，想了想，最后只能问他，平时都喜欢去哪里买水晶饼？

水晶饼在关中地区随处可见，城里头的是装潢古香古色的门店，你推门进去，工作人员跟你打招呼都是用方言。县城也会有专门的门店，一般都是老字号，全县城就认这一家，开在一条破败的小巷子中，水晶饼放在褪了漆的木质条柜里，你隔着一层玻璃与它对视，店面看着永远是一副百年老店的质朴与陈旧模样。

到了乡村集市，就更加随意，水晶饼露天摆放，跟其他点心摆在一起。你说来一斤，老板也不废话，拎起塑料袋就装，装好往秤上一扔，快速瞄一眼，问你一斤三两能行吧。动作干练利落，似乎他从慈禧太后西狩那一年就开始卖水晶饼了。也有人说，水晶饼是关中地区中年人的好朋友。

像我朋友他爸，一个关中中年人，同时也是个硬汉，身形看上去像一台精悍的越野车，四方四正，说话的声音像越野车发动机的轰鸣一样充满力道，热爱吃水晶饼。

以前在老家读书，顺路去朋友家，他爸很热情，拿出水晶饼，说，你吃。我当时试了一下，才吃了一块，就觉得太甜，连呼出的气都是甜的。我说，叔，这太甜了，抗不住。朋友他爸一拍大腿，哈哈大笑，说，忘了你还是个年轻娃，你等着。转身在炉子上熬了一罐茶，然后说，配上这个酽茶吃正好。就着茶的苦味，我又吃一块，就觉得水晶饼的味道刚刚好。

后来我到了西安打工，也见过许多中年人，他们在这座城市里与生活缠斗，平淡而辛苦，步履不停，像疾驰在路上的车，你拦不住，他也停不下来。你喊他吃烤肉，他说好，但有时候晚点才到，来了就连连说抱歉，上次给朋友帮了一点小忙，下午人家回请盛情难却。你喊他说，去吃葫芦头吧，他说好，来了萎靡不振，说今天不能喝酒，昨天跟人喝得有点多，这会儿难受。他们的笑声永远洪亮，像雨天的雷声。有时候，他们也跟你讲点人到中年的困苦，但落点每次都落在，真羡慕你们这些年轻人，像是他的青春在一根接一根的"磨砂猴"中，突然化作了青烟。

像我一个老乡，年轻时候来西安打拼。从在另一个老乡的擀面皮店里洗面筋开始，到在西安各小区卖擀面皮，人到中年，他有了自己的几家擀面皮店，也变成了西安人。别人问他是哪里人，他就说老家是凤翔的。

他说，人到中年以后，是不断地在失去。具体也不知道是失去什么，但总之是失去了。因为当你想到生活，发现多数都是在回忆。但同时，到中年以后似乎又有无数的时间。有个说法，中年人的无数时间，似乎都是属于别人的，自己永远在路上。出差的路上，出门去挣钱的路上，上班的路上，送娃接娃的路上，进山的路上，去看伙计的路上，陪媳妇逛街的路上，去学校开家长会的路上，去参加民间诗会的路上，去喝酒的路上……但只有吃水晶饼的时间，是属于关中中年人自己的。

小孩子永远有更好吃的，年轻人对水晶饼不屑一顾，只有中年人，跟水晶饼是绝配。就好像这玩意儿造出来，就是给他们吃的，还能让他们一直吃到老。不信的话，你回忆一下，你家茶几上的水晶饼大多数情况下肯定是你爸买回来的，不然就是你爸爸的爸爸买回来的。

理论上来讲，每十个关中中年人，就有八个在各种卖水晶饼的地方买过水晶饼,且其中六个是买回去自己吃的。听一个中年老哥讲,吃水晶饼最好的时候是在午夜时分,就坐在客厅昏暗灯光下的沙发上,泡一杯浓茶,拿出水晶饼,最好再备一包"磨砂猴"或者别的平价烟。打开电视,但要静音,然后开始吞噬咀嚼水晶饼……不可避免,水晶饼的味道总让关中中年人想起年轻时候种种失意的生活。这个时候,媳妇跟娃都在睡,跟伙计的酒局在两个小时前结束,手机里再没人发消息,世界陷入一片沉寂,能从书里听到诗人发出的叹息声。

要是媳妇突然醒来,开门问怎么还不睡,不看看这都几点了。就说没什么,刚刚吃水晶饼的时候,突然想起了一段甜蜜的时光。

水晶饼就像投入苦海中的一块甜蜜的饵料,等着至死不悔即便被钓住就为了吃一口食的鱼。似乎没有什么能阻挡关中中年人寻找糖分。你要问一个男人要吃多少水晶饼才能被称为真正的关中中年人,我只能告诉你,答案在风中飘扬。因为有时候,你也弄不懂,他到底是因为觉得生活苦才吃水晶饼,还是单纯为了吃点甜食而吃水晶饼。总之,他吃了,他很愉悦。他说,再也没有比水晶饼还好吃的甜食了。你说,吃太多甜食,对牙齿不好。他很豁达,没关系,反正牙齿也已经坏了。就像你曾经提醒他抽烟是导致一个男人失去健康的主要元凶,他听完,吸了一口烟,说,这有啥,哈哈哈哈哈哈,反正也不行了,再不抽烟,岂不是更难受?你听完觉得他很洒脱。也有人讲,这是关中中年人的独特生活态度,宁可昏倒,绝不认怂。如果生活不够甜,他就吃水晶饼顶一顶。

我那个朋友后来也喜欢吃水晶饼。高中毕业,他先是在西安一所技校上了个两年制的专业,在学校待了一年半后被学校安排去浙江一个工厂实习了半年,然后又跟着老乡去深圳一家电子厂干流水线,还在工地上干过……后来回老家,在县城开了一个小商店,卖烟酒零食,年底就在店门口支几张钢丝床,一张床堆满烟花鞭炮,一张床堆满各种包装精美适合走亲戚时提的礼品。他也会进水晶饼,等年过完,没有卖完的水晶饼,他就带回家,跟他爸一起吃。

我说,少摄入糖分,容易加速皮肤老化,因为糖分会导致人体过早老化和皮肤损伤,所以要控制一下,水晶饼毕竟糖分太高了。他说,没关系,让我皮肤老化的不是糖分,是生活,我能控制住糖分,但控制不住生活。

所以他还要继续吃水晶饼。

西安吹牛套路指南

"我要吹牛了，你有酒吗？"

"这座城市的历史太厚重了！"

一场吹牛活动，如果没有这几句话做引子，那就等于失去了灵魂。没有这几句开头的吹牛，就像一碗油泼面没有辣椒面，像吃牛羊肉泡馍没有糖蒜。

西北五省最为繁华的城市——西安。

我最喜欢的是，在西安各种饭局上听人吹牛。

据我观察，民间吹牛有着巨大且广阔的活力，思维广，路子野，因而深受西安人的喜欢。

所以，别觉得你已经看透了生活的本质，对什么都提不起兴趣，那是因为你还没有听过一个西安人是怎么吹牛的。

在经过辛勤劳作的一整个白天之后，西安的澡堂子、KTV、饭局、洗脚城、烤肉摊子……随时都有可能上演一场盛大的吹牛活动。

"我要吹牛了，你有酒吗？"

"这座城市的历史太厚重了！"

一场吹牛活动，如果没有这几句话做引子，那就等于失去了灵魂。没有这几句开头的吹牛，就像一碗油泼面没有辣椒面，像吃牛羊肉泡馍没有糖蒜。

不要问为什么，这是宇宙的开端，只要是个人，只要在西安，历史知识决定了这场盛大的吹牛活动的成败。一个深谙此道的西安人很明白通过什么样的内容来引起人们的注意。

西安各个地方的典故，都是哪个朝代的，这地方为什么叫这名儿，拿个锄头一不小心就能在西安挖出文物。啊！朋友们，秦砖汉瓦，古今多少事……西安建城600年搞庆典，叫烽火戏诸侯，然后全场发出包邮般的笑声。

作为一个合格的听众，此处一定得是包邮般的笑声，因为上面的只是暖场，杠铃般的笑声要留在最后。

兵马俑刚出土的时候是彩色的 / 西周到底是个什么样的朝代 / 秦国的兵器流水线制作 / 昭陵六骏的秘密 / 汉阳陵里头的展品为什么糙的没眼看 / 何家村遗宝出土的时候，你们很多人不知道…… / 朱元璋修建钟楼是为了钉住龙脉 / 法门寺地宫发掘时天降异象 / 乾陵为什么到现在还挖不动 / 终南山到底有没有隐士高人。

西安人舌灿莲花，犹如亲临一般，为你揭开一个个历史的谜团。

最后以一句"厚重，实在太厚重了，如果来西安玩，不提前做好工作，基本啥都看不懂"结束，咂两口"磨砂猴"，喝一口啤酒，眼神忧郁看着前方。

听众们早已经被震得麻木了，除了不断附和着"对对对"的感叹之外，还有不时被吹牛时产生的经典句子引发出的杠铃般的笑声。

一场合格的吹牛活动，是要棋逢对手的，一个西安人，随时准备着与他人在"牛坛"之上，来一次灵魂之间的碰撞，就像西门吹雪对战叶孤城那样，每一次灵魂之间的碰撞，都是决战紫禁之巅。

在经过"历史"这一宏大命题的吹牛热身之后，当一个西安人身子后仰，喝一口塑料/陶瓷/一次性杯子里的啤酒，说到"我有个伙计"时，并不是要给你介绍他伙计，那意味着他要开始第二阶段的吹牛活动了。

内容包括但不限于我有个伙计白的能喝2斤，啤的能喝16瓶/年轻时穷×一个，结果包工程一下子发达了/找了个好工作，一天什么事儿都不用干，一年分红几十万/是高富帅/上次给我带了一包好几千的烟……

这是一次极为密集的交锋，不等说完，同桌而坐的另一位已经发起了密集的攻击，内容多是就地取材，额喔伙计更牛皮，更有钱，更任性。

说实话，其故事人物形象之饱满，情节之曲折离奇，你光是听这段儿都能出一本《吹牛大王和他的朋友们之一千零一夜》，不畅销我都不信。

这一段牛，不仅仅是故事性的比拼，更是体力的比拼。要自带能够辐射方圆2.4米的气场，要自带杜比环绕音效，要声音够大，压得住烤肉摊上其他嘈杂之音。

但就像西门吹雪与叶孤城的较量一般，总会有那么致命的一剑。我就曾有幸在某个饭局上见到一个老哥吹牛的名场面。

老哥先是抿了一口酒，接着深吸一口烟，吐出的烟雾飘散在包间里，如盛唐时期的烟云久久不散。然后他开始讲自己伙计的往事。

伙计姓乔，身经百战，什么事情都经历过。在座的说的任何曲折离奇的故事，他伙计都经历过。年少时，秦岭走夜路遇过菩萨显灵，跟大人物谈笑风生，上过天，入过地；仗义疏财，扶危济困，人送外号"洒金乔"；人到中年，大隐于市，万人如海一身藏。

众人听得痴如醉，纷纷举杯，哥，你伙计这辈子没白活，这才是活人哩，厉害厉害。

老哥腼腆一笑，朗声说道，都是咱伙计。

就如相声一般，第三人称的牛只能算作正菜的一部分，当撸过78串板筋，

西安次要生活观察

当桌上的烤茄子开始变凉,是时候拿出第一人称开始吹牛了,这是这场盛大活动中最不可或缺的一部分。

唱罢了林冲夜奔,再唱段秦琼遭难。说不尽虎落平阳,道不完龙游浅滩。

哥们儿当年也曾有那燃烧半个天空的热血,也曾丢下宝钏走西凉,也曾一顿泡馍要5个馍,也曾在八里村的陋室度过一个接一个冷风刺骨的寒夜……现如今,我看透了,所有牛×的、二×的往事,都付笑谈中,被生活折腾没关系,咱陕西人嘛,就这个性格,宁可昏倒,绝不认卯。

一个牛吹下来,你早就学会了鼓盆而歌,曾经哭过、笑过、牛×过、二×过的往事,不就是为了在今天这个局上拿来吹吹牛嘛!

当你窃喜于自己吹的牛震住了在座诸位,却不经意间被另外一个人吹的牛破了功,你瞬间被击打得支离破碎,丧失了一切热情。

这个牛是整场游戏的结尾,超越了一切的套路,却简单到只有一句:

"这事交给我,你不管咧!"

陕西酒局"活命"指南

据我观察,在陕西参加酒局,千万别暴露自己能喝酒这件事。就像《三体》里所说的那样:不要回答!不要回答!不要回答!该认怂的时候不要含糊,甚至需要一上场就斩钉截铁地表明一个态度:"我一喝酒就会死。"

非要形容的话,陕西人的酒局是这样的:

一座黑暗森林,每个参加酒局的人都是带枪的猎人,像幽灵般潜行于林间,轻轻拨开挡路的树枝,竭力不让脚步发出一点儿声音,连呼吸都必须小心翼翼:他必须小心,因为林中到处都有与他一样潜行的猎人。

就像每一个文明对于自身命运的选择一样,在陕西参加酒局,最终目的是如何生存下去,而非小饮怡情,不慎暴露,然后被灌醉。

据我观察,在陕西参加酒局,千万别暴露自己能喝酒这件事。就像《三体》里所说的那样:不要回答!不要回答!不要回答!该认怂的时候不要含糊,甚至需要一上场就斩钉截铁地表明一个态度:"我一喝酒就会死。"

很多朋友在这一点上吃过亏,轻易地就暴露了自己的酒量,有的在凉菜起完之前就晕了,有的倒在了热菜起完之前。最后在近乎昏迷中,被三五个人扶着一把攮进出租车或者网约车后座,然后再上一个送他回家的人,其他人拉着车门依依惜别,大声朝车内说道:"一定要把俺哥送到哈。"

得到一声"放心"的答复后,旋即"砰"的一声关上车门。

你看,这就是陕西人的酒局。

虽然我们陕西比不上东三省以及山东酒友那样名声在外,但同样战斗力强悍,热衷攒局,请人办个事、帮个忙,不分大小事,不管大小忙,最后的酒局是避免不了的。关中、陕北、陕南各有一套喝酒的套路:陕北有酒曲;陕南喝酒不喝单数,一次最少喝两杯;倒是关中套路少点,52度以上的烈酒即可。

一场酒局,最浅层次的考验是喝酒看人品,酒量看工作。往深了探究,往往考验的是请客者的人脉关系、组织能力以及情商高低。这还不算在酒局上的聊天,光是这里面的学问,就值得单独开一篇。

接下来,我将从喝什么酒、怎么就座、用什么套路劝酒以及如何躲酒解酒等细节上为大家深度分析一下陕西人的酒局,对自己参加的酒局多一分了解,就多一分"活"下去的希望。

兵马未动粮草先行,酒是组局的灵魂,在酒局中最为重要,不能掉以轻心。

喝什么酒

酒一定不是当着宾客的面点的,而是提前就备好,早在起凉菜之前就已经在桌子中央放置妥当。

一般情况下多是陕西本地酒，如关中人常喝西凤酒系列、陕北常喝老榆林。当然也有五粮液、茅台之类，跟参加酒局的人员身份有关。简单来讲，就是客人越尊贵，酒的档次越高。与之形成鲜明对比的是，一般流水席上的酒水都是普通的白酒。

要注意的是：陕西人对于外地酒也是充满博爱之心的，来者不拒，什么二锅头、天之蓝、剑南春、古井贡酒，通通来者不拒。但只有一个要求，就是酒精度要高，52度以下的酒，基本上是很难出现在陕西人的酒桌上的。

到什么山头喝什么酒，就像一些朋友的微信朋友圈状态一样：一个人，无论走多远，最感亲切的，是家乡话。酒，还是家乡的酒好喝，以示自己不忘本。伏特加、白兰地、龙舌兰、朗姆酒等高度洋酒，也同样不会出现在酒局上，顶多会在酒局结束后当作礼物拿来送人。

明白了喝什么酒，紧接着要了然于胸的就是"酒是从哪里来的"这个问题。

最普通的说法是"从家里带来的酒"，这表明请客的人家里是有存酒的，而且存量不少，多数情况下是家里之前办事儿没有消耗完的酒。如果是自掏腰包买的酒，只需要谦逊地说一句"提前提过来的酒"就好。

以关中为例，提前带来的酒是西凤六年，在座的宾客里情商高的就会接一句：这酒不错，经常喝。

除此之外的表述就要细细琢磨一下了，"朋友那里随便拿的酒"就比自己掏腰包买酒要高端一些，虽然掏了钱，但因为朋友关系，要比市面上便宜，还凸显了请客的人朋友多，可以说是双赢了。

比随便拿更高端的就是"谁谁谁上次带的酒"，一是一分钱没掏，二是凸显了社会地位，有人送礼，三是表明这酒差不到哪里去。听到这里，情商高的人这会儿已经兴高采烈地喊了一声"牛"了。

但其实这并不是最"牛"的，比这个更显高端的是塑料桶灌装的无标签白酒，计量单位是5公升，瓶盖还没拧开就已经能闻到一股辛辣的味道。请客的人会面色沉稳地向来宾解释，市面上卖的白酒那都是调过的，这是朋友下午刚刚去酒厂灌的原浆。听到这里情商高的人会由衷地赞叹一声："哎呀！这牛！"

从喝什么酒基本可以判断出宾客的等级和身份，掌握了这一点，就可以在接下来的各个细节里做出正确的安排。千万不要在别人都喝白酒的情况下，选择喝啤酒。宁喝可乐被大家取笑，也不要选择喝啤酒。与喝多了白酒相比，喝啤酒不止会吐，还胀得慌。

如果看到塑料桶，最为正确的选择就是火速逃离现场。如果你酒量过人，想体验一下别样人生（包括但不限于：跪着唱《征服》/吐血/洗胃/胃穿孔），可以忽略这条"求生"建议。

座次讲究

与其他地方烦琐、讲究的座次安排不同的是，陕西的座次安排简单明了，容易上手操作。一进包间大门，视线正前方最远处右边就是主宾位了，把准一条原则："开会左为上，吃饭右为尊。"剩下的宾客分左右坐好。门口的上菜区域为末席，这里就有一个能"救命"的知识点：末席一般是喝酒喝得最少的席位。

除了主宾座位安排之外，其余宾客的座次是按照酒局的性质来排的。如果是伙计局，座次是按照年纪排的，同龄人会以关系远近落座；同事酒局，是按照身份就座，负责人坐上席，依次是红人、能人以及透明人。

从请客者坐在哪里也能看出是什么样的酒局。请客者端坐在主宾位的，一般是生日宴会（年纪大者除外）或者商务酒局，便于最先看到来客；如果请客者坐在末席，说明主宾位上的来客身份尊贵。

你可以把这场酒局看成一场面壁者与破壁人之间的游戏。面壁者的角色自然是由主宾位就座的宾客来扮演，他们完全依靠自己的思维制定本场酒局的战略计划：怎么喝酒，喝多少酒，不与外界进行任何形式的交流。

一场完美的酒局（以12人酒局为例），会有3个或者以上的破壁人（即主陪、二陪、三陪），从座次上基本可以判断出来，分坐在主宾位两侧。早在来之前，请客者就已经叮嘱好了："你把主任/陈总/咱哥/咱伙计……陪高兴。"

在我们陕西，没有千杯不倒的酒量，破壁人的活儿是万万不能做的。

先是酒量上的考究，陪喝酒的讲究是"望星空、鸟叫声、挂金钟"，说人话就是喝酒的时候必须仰头喝，咂出声音，喝完后酒杯口朝下以示自己喝完了。

陕西人喝酒以高度白酒为主，这么个喝法你自己掂量掂量。另外就是情商考验，陪酒的不只要有酒量，还要有炒热气氛的能力，能随时接住话茬儿，能捧能逗，面壁者讲笑话，能随时发出爽朗的笑声，就是此处应有笑声的那种。

这一点上，我就不行，不是说我情商低或者酒量不行，主要是笑点太高了。

酒局一般是在包间举行，等所有宾客来齐之后，才会按照上述规矩就座。

然后先是请客者端起酒杯招呼大家先喝一杯，多是一些感谢的话，然后"吭"地一下喝完杯中的酒；紧接着就是邀请主宾讲话，这期间主陪会及时带领众人鼓掌，然后以喝完杯中酒结束；主宾放下杯子，陪酒者就会立即举起酒杯，提议大家敬请客者一杯。

三杯酒下肚之后，玻璃转盘上的凉菜终于开始转动。假如此刻，你身边坐着一个宝鸡人，他会热情地招呼你："操！"

他不是骂你，只是方言里的表述就是如此，意思是"抄起筷子夹菜"。也是告诉你两条信息，一是可以吃饭了，二是赶紧吃点东西垫底，以免接下来没得东西吐。

再次提醒一下，从座位分清自己扮演的角色，请尽量选择地球人的角色，上菜区域是最为安全的。因为接下来的劝酒环节，一般人是招架不住的。

喝酒套路展示

有人说：世间本没有套路，酒喝得多了，便有了套路。

这里要说的是，分清楚是什么样的酒局很重要，请客者会在第一杯酒的时候就介绍清楚这次是什么性质的酒局。动不动就架秧子喊着要深水炸弹，很容易被同桌的人分类到傻×这个行列。如之前所说，参加酒局的每个人都在竭力隐藏，以此来少喝点酒。一旦暴露，便会立即被消灭。请务必保持稳重和低调。

三杯过后，常规的打关就要开始了。多数情况下是从请客者开始，第一杯肯定敬主宾，讲的主要是感谢主宾帮忙、照顾、提携之类的话，也是让主宾觉得自己在酒局上有面子，然后依次顺时针或者逆时针喝一圈，每个人都被照顾得很周到。

请客者打关都是满饮，酒量好的一口气通关，酒量一般者，喝三五个人之后，就会回到座位上缓一缓。但场子不能冷，打关不停，换主宾或者旁边坐着的主陪打关。

有关喝酒的套路，陕西因为地域辽阔，逐渐形成了以地域划分的三大派：陕北、陕南、关中。

陕北可以看作是陕西的曲艺之乡，每一杯都有每一杯的说法，即兴编曲，

"骑马难遇硬塄塄，咱俩难遇这么一阵阵。山丹丹开花背阳畔红，喝酒人儿是个英雄"。

这算是比较文雅的，还有一种是唱酸曲，词调大胆，这种酒一般都是用托盘或者小碟子装好几杯，人唱一句你喝一杯，不喝就是不给面子。说实话，能从陕北的酒局上"活"下来，是一件极为值得庆幸的事情。

去陕北出差的人，往往直到走了后，才想起来事儿还没办。

陕南与陕北并称"北酒歌，南划拳"。陕南的酒局主打的是划拳，大致上有兄弟拳、老汉拳、螃蟹拳、蛤蟆拳、牛儿拳……不同年纪有不同的拳，谁划输了就喝酒。

对于外来者，陕南也保持了善意——不划拳，直接喝。一般都是两杯起步，没有单数，敬酒者手提酒壶，开口问的是："咱们喝几个？"商量好之后，一旦开始喝酒，必须喝到一滴不剩才行，不然就罚酒。这种喝酒方式，常常令外来的朋友虎躯一震。

关中流派算是比较温和的，采用的是普通的打关，一人便是一道关。谁也躲不过，每一杯都见底。在打关应关期间，还会有邻座的朋友忽然举杯跟你喝酒，源源不断，什么时候醉的都不知道。

三大派之间没有高低之分，毕竟酒局目的只有一个：没把客人喝大，就是招待不到位。客人喝得越醉，吐得越狠，意味着招待得越好。

看到这里，你就会问，那我不喝了行不行？朋友，仔细回想一下，你面对的是什么？是破壁人！整个地球都会在他们手里"沦陷"，何况你一个普通的地球人。

"我开车来的。""没事儿，到时候给你找代驾。"
"最近封山育林了。""恭喜哈，喝一下没事儿。"
"媳妇生气。""哎呀，哥你今儿放开喝，我到时候送你，给嫂子赔罪。"
"感冒了。""喝点酒发发汗。"
"晚上还得回去值班。""行，我一杯，你随意。"
"我们不认识。""哈哈哈，相见就是缘分。"
"一喝酒就脸红。""喝酒脸红的人都能喝。"

一个成功的劝酒者，是酒局上最让人瞩目的王者，没有他攻不下的城池。

热情周到，善于察言观色。从老者到年轻人，都能做到谈笑风生，会让对方控制不住地拿起酒杯，然后喝大。酒局上很多人未必有"你还是另请高明吧，我今天就只喝茶"的气魄，一般都会稍稍沾一些酒水。而一场酒局的精髓，就在于劝酒与躲酒。

躲　　酒

如何能在不冷场的氛围下成功躲酒，是每个陕西汉子苦苦思索的难题，并由此做过大量尝试。一个酒桌上的王者，同时也会是一个影帝级别的躲酒表演者。

"通过忠实地映射宇宙来隐藏自我，是融入永恒的唯一途径"，这是每个经历酒精考验的陕西汉子深谙于心的准则。

据我观察，最为简易的一种办法是三杯下肚就要立即装成不胜酒力，再喝就死的样子。这极为考验一个人的心理素质。简单粗暴的办法就是喝完酒立即趴在桌子上睡觉，但一个遗憾就是吃不到后面上来的菜，经常半道上饿醒，然后被拉起来继续喝酒。

比这个高端点的就是吐酒了，不过像把酒含在嘴里然后低头吐在桌子底下的方式显得过于低端了，别人脚底下都是干爽的，就你脚底下一摊水，如果旁边的人看穿了，一旦传播出去，这辈子在酒局上就抬不起头了。

吐酒大师的吐酒方式基本都是"随风潜入夜"的，当一个朋友给你分享如何吐酒的时候，切记不要发出笑声，因为这些技能会"救你的命"。

厉害点儿的"演员"，不会选择吐酒这么小儿科的做法，而是选择"混酒"。敬酒者左手分酒器，右手酒杯，技窍就在于此：酒杯的捏法是有讲究的，三根指头捏住酒杯上部，以便于少倒一些酒。然后快速说一些拉拉家常的话，一口喝下，嘴里配合发出"唏——哈——"的声音，表示这酒真辣。被敬酒的往往一看，人家都一口干了，咱也不能喝半杯不是？这样一圈下来，酒也没喝多少，但宾主尽欢。

如果这些不顶用，一定要来一些狠的，第一次上酒局就务必要给别人留下沾酒出事小郎君的深刻印象。这一刻你的角色不再是面壁者、破壁人或者地球人，而是更为高级的"宇宙文明歌者"，喝点酒之后，向地球丢了一个二向箔……

毕其功于一役，这样你在以后的酒局之中，喝酒之前便会有人亲切地提醒你：今天少喝点，哈哈哈哈，要注意安全。但后遗症就是，可能没有下次参加酒局的机会。

据说还有更猛的方式，比如开席前先给自己来几片药，然后面色沉稳地告诉众人，这是消炎药……

与飙演技、吐酒形成鲜明对比的，还有一种就是造假——往空酒瓶里灌水，假装是酒，这种做法多为喜宴上的新郎官专用，也很少有人去专门戳穿。有个把不开眼的非逼着新郎喝真酒，旁边会立即站出来一个陪酒的，表示要拉着这位朋友交流交流。请回顾前文，看看这里酒局战斗能力。

躲酒这事儿，每个人都有每个人的绝活儿。据不完全统计，在陕西人的酒局上一共有3800种躲酒技巧，但同时又有3800种劝酒方式，至于谁负谁胜，就只有天知晓了。

解　酒

一场酒局，避免不了最后如何解酒的问题。

以前的土办法是一个人默默到卫生间里嗷嗷嗷地对着马桶吐，洗把脸，漱漱口，然后回去接着喝，再接着吐。

其实这样并不解酒，而且腹中空空，再喝醉得更深。还有朋友喜欢提前叫一杯酸奶，一口白酒，一口酸奶，往往喝到最后，不省人事，别人吐酒，他吐奶。况且，喝酸奶的做法就是告诉别人：我不行！是汉子，不可能不行。

看到这里就要有人问了，那该如何解酒？我分享一个同学的解酒方式：整个酒局只吐一次，然后回家不喝稀饭。不知道对你们有没有用，反正我每次见他头天晚上喝大，第二天都是神采奕奕。

到这个环节，一场酒局就开始落下帷幕，众人纷纷离席。喝醉的被三五个人扶着，站在路边边聊天总结今天的酒局，边伸手打车。出租车司机一般不愿意拉这样的客人，看见这样招手的就一脚油门加速过去，双方眼神交汇出一个"鄙视"的问候。

好不容易拦个车，三五个人立即冲上去，一把将喝瘫的攥进车后座，派一个顺路看护的，拉着车门口齿不清地大声喊：把咱哥一定送到。得到肯定答复后，"砰"的一声关上车门，然后招呼送别其他人，并要求到家后发个消息。

陕西人的酒局，喝到最后，核心不在于喝了什么酒，而是在于"额有个伙

Living in Xi'an: An Alternative View

计""从今儿起,你就是额伙计了""这事儿你甭管,交给额"。高兴了喝,不高兴了喝,见伙计要喝,托人办事要喝,招待客人要喝,娶媳妇生娃喝。在宿醉后的第二天头疼不已,发誓再喝是狗,然后奔赴下一个酒局。

西安次要生活观察

西安男子和他的伙计

西安男娃成人的标识,不是身份证上所记载的出生年月,而是看他何时说出"额有个伙计"这句话。

一个事实是,即便再怎么迟钝的西安男娃,都会在25岁把这句话公之于众。

西安男娃成人的标识，不是身份证上所记载的出生年月，而是看他何时说出"额有个伙计"这句话。

随便去烤肉摊、茶楼、小饭馆，甚至是秦岭各个峪口的农家乐看看，三五人的局，大家都不闲着，除了拍照发朋友圈以及频频举杯吃喝之外，聊天三句话不离"额有个伙计"，说到开心处还会拍大腿。

这是本土特有的一种文化，就像东北妇女热爱貂一样，西安男子热爱谈及自己的伙计。别处虽然也有人谈论自己的朋友，但唯独西安男子口中的伙计才更有滋味。在西安，伙计，意味着一切。

一个事实是，即便再怎么迟钝的西安男娃，都会在25岁把这句话公之于众。

父母早就为你准备好了一切：有房、有车，工作稳定，公务员、银行员工，至不行也在国企。同样稳定的也有爱情，女朋友也跟你家门当户对，工作稳定。但莫名其妙的你就颓了，觉得很多事物都索然无味。

回头望去，怼天怼地的18岁已经隔着一个银河系与你遥遥对视，彼此沉默以对。没怎么年轻就老了，打开朋友圈，看看《如果这些你都认识，说明你老了》的文章对号入座，全中。

对成年世界的好奇心正像潮水一般退去，掐指一算，距离啤酒里泡枸杞、端着保温杯的年纪还有十年。茶，静不下你的心，盘个珠子吧，又觉得有些油腻。

此时的心态就像围城一样：小时候盼着长大，长大后想要有一台回到过去的时光机。

在某个清晨，你从睡梦中惊醒，决定去终南山问禅师，禅师给你放了一首《答案在风中飘扬》，鲍勃迪伦的声音在山间荒野开始回荡：一个男人要走多少路，才能被称为一个男人……

你虔诚地问，大师的意思是听民谣能得解脱？

禅师目视远方，说道：不是，额有个伙计以前是鲍勃迪伦真爱粉。

就像那句"芝麻开门"一样，这五字真言让你如遭雷击，突然醒悟：原来以前的只是绕着围城外头绕圈子，内城的风光并未得见。这一刻，山间旷野变得鲜活起来，你跟着缓缓说出五个字：额有个伙计……

成年人世界的大门在此时才缓缓向你打开，人生豁然开朗。

伙计，毫无疑问是西安最具人气的时尚单品。公交车上两个人谈天说地，当一个人忽然脱口而出"额有个伙计",全车的乘客都会向其行注目礼。

也难怪有人会总结,一个西安男子的一生包括:初恋、结婚、伙计;一个西安男子的必备技能是:每个聚会都有他的身影,以及开口讲"额有个伙计"。

据统计,成年西安男子的一生,提到自己的媳妇会有六万六千八百二十七次,但提到"额有个伙计"的次数是十二万两千三百五十九次。

伙计,就是西安男子精神上的大金链子。当一个西安成年男子在烤肉摊喝下几瓶啤酒,开始闲聊,一场男人之间的炫富就此拉开序幕。

是的,你可以炫耀自己花费不小的一身行头,孩子上幼儿园一年花费多少钱,开的什么车,房子有多大在什么地段物业费有多高,甚至就连手腕上的串子,也是经过大师加持的。也可以不带丝毫烟火气地谈论一下自己的社会地位,人脉资源有多广阔,偌大一个西安城,就没有你办不了的事。

你说得唾沫横飞,眉飞色舞。对面坐着的大哥,轻轻呷一口啤酒,面容坚定,缓缓吐出五个字:"额—有—个—伙—计—"这场交锋的结果已经显而易见——你败了。

甚至可以这样认为,每个酒桌上的西安男子都是知乎本人——与世界分享自己刚编的经历。

你会发现,你做的任何事情,总有某个人的伙计已经做过,还比你高到不知道哪里去。

你在为一次出国旅游沾沾自喜,老张的伙计已经环游世界;你谈到自己年轻时候的爱情,老赵的伙计是行走的荷尔蒙,每个姑娘都对他念念不忘;你谈及自己的社会地位,老李笑场了,因为他的伙计天天跟牛人谈笑风生。

有句老话怎么说的,上到外太空,下到苍井空,没有什么事儿是额伙计没经过的。

意大利作家乔万尼·薄伽丘借着十个闲散青年人的讲述,弄了一本《十日谈》,连续十天,才凑了100篇故事。但把西安男子口中"额有个伙计"的故事拢到一起,出来的是《一千零一夜》,还是周刊。

所谓"好伙计,传三代",如果你足够细心,还会发现:在这所有的故事里,伙计是可以云共享的。

也就是说,会出现"云伙计",比如老李在一次烤肉局上以"额有个伙计"

为主题的炫富比赛中拔得头筹,这个故事被细心的老张捕获,老张又把这个故事带到了另一个饭局上,同样拔得头筹,然后这个故事又被细心的老赵捕获……后来,这些故事又被细心的小陈捕获,在某次饭局上,醉眼迷离的小陈开始讲述从老赵那里听来的老张所挪用的老李的伙计的故事,当然,开头都是"额有个伙计"。

从头至终,这个伙计长什么样,哪里口音,谁都不知道。

但仅仅将"额有个伙计"跟"对不起,我要开始装×"画上等号,显然是不够客观的。伙计,是对自己平凡生活的一种对抗。

在座的诸位又不是傻子,当对面的老哥眼神迷离地说出"额有个伙计"之时,众人心里便已了然——开始吹牛皮了。

不过所有人都不会去拆穿他,反而会兴致勃勃地加入进去,一边举杯高颂"牛皮,敬你伙计",一边纷纷脱口而出"额有个伙计"。

这是一场微小的吹牛比赛,每个人借着某个话题都在谈论自己未能抵达的世界,比如圆满的爱情、花不完的钱、宽广的视野,以及在哪儿上厕所都有人送纸的社会地位。这一切,好像在说"额有个伙计"以后,就会成真,但其实不会。

终其一生,我们都在与生活的平凡对抗,时刻准备提升自己。不过学外语或者学一门新技能,得为此花费巨大的精力以及不菲的钱财。就连在朋友圈晒个运动记录,不也得实打实地走上几万步,才有可能排进前五。

相比之下,在聚会局上说一句"额有个伙计"就容易得多,全靠一张嘴,简单、省钱、好上手,只要敢于开口,平凡的生活就此会焕发出新的光彩。

即便在说"额有个伙计"时,脑海里浮现出来的人跟自己一样普通,但这并不影响他在故事里变成一个英雄,又或者是狗熊。因为这就是额伙计呀,可以随便地编排和吹嘘。

并且要深信——当你在提及自己的伙计时,你的伙计也在另一处提到你。试举一例,老张脱口而出"额有个伙计"的同时,在这座城市的某个角落——老张的伙计,在另外的酒桌上,正在兴致勃勃脱口而出"额有个伙计",这个故事的蓝本就是普通的老张。

不要羞于提及自己的伙计,要在每个场合都能够坦然地脱口而出"额有个伙计"。小时候的童话故事是《格林童话选》，成年后的童话故事就是"额有个伙计"，这是西安男子最后的童真，是公主早已死去，屠龙少年仍在燃烧的美好。

所以，下次在烤肉摊上听到西安男子开口说"额有个伙计"时，请保持起码的尊重与敬意。

西安次要生活观察

当代西安中老年大妈朋克生活指南

历史上第一位西安大妈诞生于盛唐,身形丰腴,作风剽悍,热爱胡旋舞,勇敢活泼地在长安城里生活,然后死去。

西安次要生活观察

历史上第一位西安大妈诞生于盛唐，身形丰腴，作风剽悍，热爱胡旋舞，勇敢活泼地在长安城里生活，然后死去。

千百年以后，更多的大妈出没于西安城市的角角落落，在拥挤的600路公交上，在青龙寺的樱花树下，在新城公园的广场（或者别的广场），在地铁里……随处可见发出爽朗笑声的大妈。

20世纪80年代，她们的生活是很惬意的，福利好。那时候城市的东南西北遍布各种国营大厂，房子是分配的，子女能接自己的班，每天主要工作就是进厂干活、参加文艺汇演，然后等着下班。

就像当时的西安文艺青年，听听崔健，谈谈文学，岁月静好。

不过就像当代西安文艺青年怀念80年代，如今却被生活压得灰头土脸一样，时光的痕迹显现在了每个人的脸上，当代西安大妈也被一些焦虑围绕着。

中年已至，焦虑从四面八方涌来，可能源自每个具体的事物：早晨五点忽然如潮水退去的睡意、旁边死睡的老公、沉迷手机游戏不去相亲的孩子、被套牢的股票/基金、从马路上传来"祝你生日快乐"BGM的洒水车……生活里有许多细碎的焦虑。

但由此断定当代西安大妈跟文艺青年一样丧，是很武断的。相反，每一个西安大妈的生活，从胳膊到腰肢都充满着一种爆发力，斗志昂扬。

与西安某些中年男子热衷搓手串、痴迷保健品、向往终南山的凡人修仙路不同，西安大妈的生活堪称朋克：虽然我烫头，拔罐，跳广场舞，但我知道我是个好大妈。

是的，当代西安女子步入中年大妈行列的标志是从烫头开始的。

各位西安名媛请仔细回味回味是不是这个道理：当你在理发师Tony的忽悠下，沾沾自喜地烫一头造价不菲的韩式卷发，还未来得及在朋友圈发一波自拍，便会被周围人嘻嘻哈哈地问怎么烫了个大妈头。

或者都不用朋友揭穿，当你走出理发店的瞬间就会懊恼不已，为什么烫了个大妈头？你开始怀疑自己是不是不适合这个发型，并决定下次烫另外一种卷。

然而，大妈早就看穿了一切：人到中年，体形稳定，都喜欢跟头发过不去。

烫头，是对于过往一头茂密黑直长发的缅怀，是对生活这个对手充满敬意的反击，每一个烫完头走出理发店的西安大妈的心情概括来讲就是：在苍茫的大海上，狂风卷集着乌云。在乌云和大海之间，海燕像黑色的闪电，在高傲地飞翔。

这种昂扬的生活态度也体现在对拔罐的热爱。西安大妈对于拔罐的热爱，堪比文艺青年对猫的供养，这是西安大妈生活仪式感的一种体现。当罐子离开身体，浑身被拉紧的皮肤逐渐松弛这段时间，就已经完成了一次跟单调生活的对战，脖颈后面露出的泛着紫红色的圆形罐印就如同是勋章。

高阶西安大妈甚至还会在暴热的夏天时节，成群结队地前往拔罐圣地——环城公园，选择一块平整干净的大石头，然后躺上去，以天为罐，祛除体内的湿气。

早晨六点半才睡醒，是对生命最大的亵渎，这是每个西安大妈坚信不疑的生活常识。

晚一刻钟，可能会错过某超市或者新开业商场免费发放的（包括但不限于）鸡蛋／洗衣粉／豆腐／白菜／大米……没有人敢怀疑西安大妈在这些事情上爆发出来的战斗力。

从春季生抠野菜，到大府井村的山桃花、杨庄的油菜花，再到盛夏王莽的荷花、观音禅寺深秋的银杏叶，冬季里的温泉，早起的西安大妈贯穿了文青们一年四季的光阴。

当然，热爱周边游并不是重点，重点是凹造型，除了喜欢上树之外，每个西安大妈的包里至少装着七条不同颜色的纱巾。

每一片高地，每一个适合拍照的点，都是大妈的地盘，她们围成一团，相互挥舞着手中的纱巾拍照，开心地交谈，不时发出杠铃般的笑声，没有半个小时绝对不走。文艺青年们内心崩溃了，"妈，额错咧，额奏不应该来这里"。

八点一刻，西安大妈早已经熟稔地做完了所有家务，决定约上老姐妹上街。

上街时的穿衣风格也是多种多样，大胆随性，总体风格以色彩浓烈的上衣搭配一条黑裤，或者是东北大棉袄画风的裤子搭配素色上衣。偶有草间弥生风格的衣着，走近细看才发现其实穿的是睡衣。

跟老姐妹的闲聊主要集中于：孩子毕业没有／在哪儿上班／一个月挣多少钱／结婚没有……都是振聋发聩的问题。当然，这次逛街的主要目的是哪里有好看的丝巾或者衣服。

西安次要生活观察

性价比，是西安大妈最为讲究的东西。她们有可能也会去开元，但那可能是去骡马市的空档时间里的消遣，只有骡马市／康复路／民乐园或者其他小市场才是她们的目的地，永远不买最贵的，只买最合适的。

与衣着色彩斑斓相映衬的是大妈的朋友圈。每一个西安大妈的朋友圈都是一套百科全书，从生姜的一百种妙用，到对于当下西安生活的理解，再到当代美文，无所不包。

看到喜悦处，还会将这些发给自己的孩子，内容包括但不限于：不懂感恩的孩子，成人后比狼还可怕！／西安人注意了！／很多西安人不知道的一百件事情！／活着就是王道！／这条短信，你再忙也要看！／别戴套！！！原来有这样的害处……你惊了，点开一看，发现说的是手机壳。

但以上种种只是西安大妈朋克生活的细枝末节，跳广场舞才是西安大妈朋克生活的核心，北至盛龙广场，南至长安步行街，哪片广场大妈没有去过？

即便是在下雨天，无法外出跳舞的大妈也会携带一台小音箱，坐在人员稠密的公交车里，听着舞曲，内心随之雀跃。缺了对广场舞的热爱，就不要自称西安大妈了，真的，立即就会被西安所淘汰。我曾经就遇到过这样一位开专车的大妈，车里放的都是语音版广场舞教学。

这世上没有什么事情是跳一次广场舞解决不了的，如果有，跳两次。大妈来到世间，就是为了赤手空拳打下一片广场。

与别地不同的是，西安大妈对广场舞充满包容，新疆舞、拉丁舞、探戈、太极、秧歌、印度舞、健身舞……甚至广播体操，都能成为西安大妈学习的养料。

但西安大妈唯一不能容忍的是一次广场舞的 BGM 杂乱不堪，说起来你可能不信，我曾在北郊的广场舞 BGM 里，听到了两个版本的爱情故事，特别严谨。

故事的第一个版本是：《前面那个姑娘》，《你是我的菜，快到碗里来》，《遇上你是我的缘》，《你是我最想要的人》，《我们做夫妻》，《新郎新娘》，《老婆最大》，一起共度《幸福爱河》，手执《套马杆》，《自由的飞翔》，同赏《荷塘月色》，《潇洒走一回》。

第二个版本如下：《我不做大哥好多年》，《你终于做了别人的小三》，想起《曾经的那份爱》让我流下《西门庆的眼泪》，多想问你一声《丢了我你会不会痛》？《看透爱情看透你》，怪《我把爱情想得太完美》，《我下辈子要做你的女人》。

　　伴随着故事，所有大妈表情肃穆地开始 pogo，踢腿，摇头晃脑，你有你的音乐节，我有我的健身摇。凤凰传奇，请在这铿锵的早晨／傍晚，为我演奏一曲，让我与你同去。可以说非常朋克了。

　　晚上九点广场舞终于结束，大妈回到家中，打开电视看个《都市快报》。临睡前，刷一下微信，给老姐妹群里发一张韩再芬的表情包，就此陷入沉沉的梦中。

文艺青年游西仓指南

一定要去西仓，每周四、周日才有，给文艺青年留足了时间。

西安次要生活观察

春风浮动，对一个文艺青年来讲，是时候做一个"浪荡子弟"了，其实去哪里浪荡并不重要，重要的是要有仪式感。要在春天里心潮澎湃，要手写春风十里不如你。

所以目的地的选择就尤为重要了。

不能去民俗村，看见驴，就会嗷的一声被吸过去，手机相册里全都是驴；不能去爬山，文艺青年普遍体力跟不上灵魂，越过高峰另一峰却又见，很可能走一半肉体就跟不上灵魂了；去周边看桃花还得早起，而且路上土还大，这对一个文艺青年来讲，比拍驴还要丧。

一定要去西仓，每周四、周日才有，给文艺青年留足了时间。

有段时间，传说西仓要拆了，其实只是整顿占道经营，本地微信公众号们都炸裂了，各种体位的解读都有，一片惋惜。

当你看到这些消息的时候，内心悲恸，留言是一定要的，先别着急，等你的普通青年朋友转发到朋友圈之后，你再开始惋惜地大段留言，内容大致就是自己从小逛西仓，这里有你美好的记忆，如今看到这条消息非常痛心，着重突出一下市井生活以及灵魂和历史等词语，高下立判。

写着写着就不行了，必须要去西仓了，要感受最后的市井之魂，急切地跟西仓合影。

早晨九点准时醒来，躺在床上玩半个小时手机，然后起床洗漱，坐上开往洒金桥站的地铁或者公交车。记住，你不是去西仓，西仓不是目的，目的是市井生活。"我喜欢听市声"，张爱玲这样说道。坐在车上的时候，你就得双眼微闭，内心不断地酝酿情绪，但请注意不要坐过站。

早晨十点许，你从洒金桥地铁站 B 口随着扶梯冉冉上升，阳光照在你的后背，表情庄严肃穆，左耳边早已经传来西仓的喧哗，你的情绪已经酝酿得很饱满，你看到的不是西仓，而是西仓森林，感性而又美丽。

从地铁站 B 口出非常重要，《2017 年西安文艺青年指南》第一条就有写道：洒 B 口就是标准之一，从别的口进西仓的，都是异端，假若当街遇见了要赶忙低头擦肩而过假装不认识。

身处闹市，内心澎湃，外表却很冷静，蹲在身着藏族服饰的手串摊老板面前，忍受着扑面而来的"工字头"卷烟的味道，仔细分辨什么是大金刚、星月

西安次要生活观察

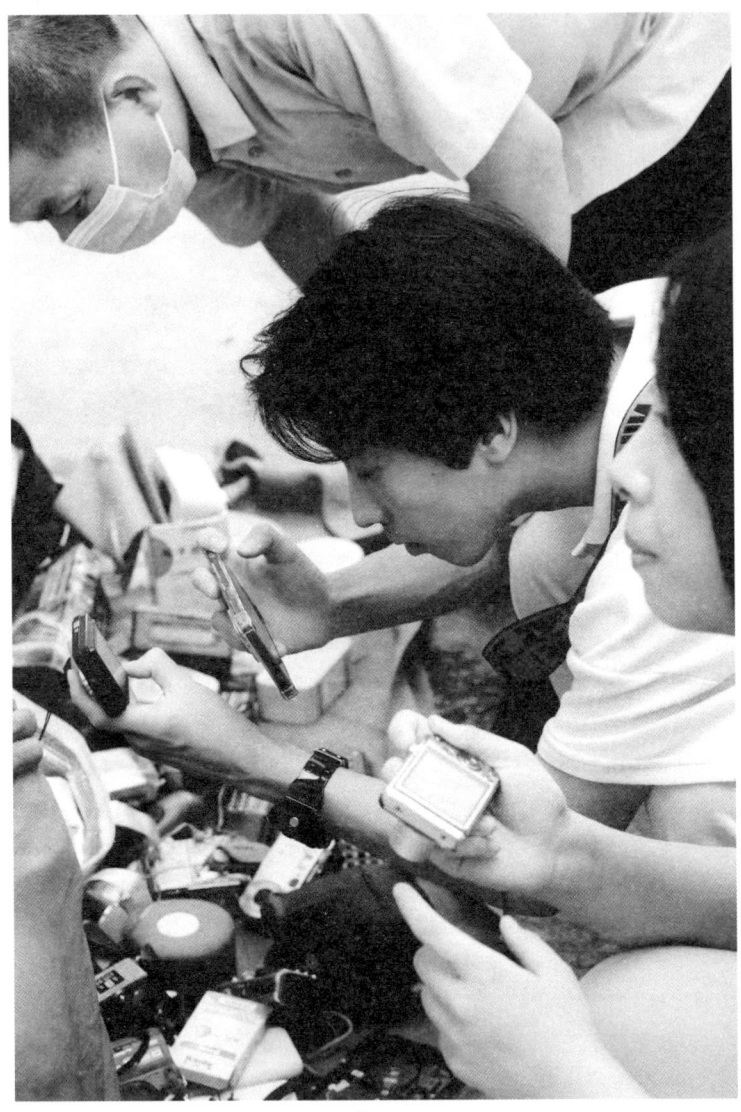

菩提、满天星、小叶紫檀，一言不发，然后忽然起身，猛烈跺脚，吓老板一跳，以为你要请神，其实是腿麻了。

你忽然想起，前两年流行手串珠子，鼎盛时期，西仓满条街走哪儿都是盘手串的，人手两条，绕臂五匝。不过这种想法很快一闪而逝，你是633，梁朝伟附体，"每个人都有不清醒的时候，给他们个机会，好不好？"

为什么是梁朝伟？这个很难解释，目光太深邃了，太迷人了，全都是岁月，什么似水流年啊，且将生活一饮而尽啊，罗曼蒂克的消亡，说了只有文艺青年懂。

先直奔那条杂货街，你要怀念的是已经逝去的市井生活。

卖毛巾的、卖干货水果的、卖菜的、卖床单的、卖玻璃杯子不锈钢锅的……货物大多都摆放在街道上，使得原本不宽敞的道路更显逼仄，卖菜的、卖水果的，沿着街道两边一字排开。睡衣摊的男性摊主，干瘦、面色黧黑，手腕上系着红头绳，穿一身女式花睡衣，岔开双腿，睡眼惺忪地瘫在一张躺椅上，像离了水的鱼，对谁都是一副爱搭不理的态度，当你驻足摊位跟前，耳边会传来一声：睡衣一套35。

向前走，一群老头老太太左手不锈钢盆，右手铁勺，站在一个豆类粉碎机面前，一边热络地跟摊主聊天，一边等待着机器轰鸣之后产出的各种豆类粉末。旁边是一个木板搭建的案子，坐着一群老头老太太，神情肃穆地手执铁勺，顺时针翻搅着不锈钢盆里的粉末。看着摊主打的广告，你内心惊叹：没想到混在一起吃能治各种病！啧啧，市井生活！

市井生活，是文艺青年仪式感的重要组成部分。当然，你问一个文艺青年市井生活具体好在哪儿，他是答不上来的。不过不重要了，你只要记住"不知道西仓，就不算地道西安人"就行，只需走在西仓，去体会市井百态、人间烟火就好。

看到穿着翻领夹克的中年大叔，挺着肚腩，手提油盐酱醋与鲜花艰难地穿过拥挤的人群，你嗷的一声，就热泪盈眶了，立马就洞悉了生活的本质，曾梦想仗剑走天涯，却被生活压得有点喘不过气来，"谁此时孤独，就永远孤独"（里尔克名句，北岛译）。

但即便生活如此，让你的肚腩日渐丰盈，依旧不要忘了带一束鲜花回家，没有了这种仪式感，你跟被售卖的带鱼有什么分别？这一刻你超脱于众人，灵

西安次要生活观察

魂第一次得到了洗涤,这是慢生活,是与竞争激烈的生活完全不同的市井生活。

你泪流满面,喃喃自语,西仓依旧还是那个西仓。周围的大爷向你投来赞许的目光,似乎在说你大爷还是那个你大爷。

这条街并不能让你就此止步,你终于来到了花市,这里就是一个死胡同,路两旁摆着各式各样的花,但看花太落伍了,一个文艺青年只拥有此生此世是不够的,还应该拥有一个多肉的世界。在第一家就问好老板多肉品种的名字,然后去第二家卖多肉的跟前,直接问老板这盆子持莲华什么价,老板眼神热切内心暗想,遇上行家了。

但切记,问完价格拍个照转身就走,不要跟老板对视,不要搭话,你养的仙人掌因为缺水活活干死,你也不喜欢养花,多肉你根本不认识,养起来太麻烦了,你只记得观音坐莲,辨不出观音莲,搭话容易露馅儿。

逛遍花市,你挥一挥衣袖,蹲在旧书摊前面,认真地用手摩挲着摊位上的旧书,从《古文观止》一路摩挲到《废都》,但一本都不会买,整个过程都一语不发。就像梁朝伟飞到伦敦,坐在广场上,沉默地喂鸽子。没有意义才是文艺青年所追求的终极生活。

逗猫是在西仓适合做的事情之二,一个文艺青年内心必然是孤独而又敏感的,狗太热情了,见谁都是哈哧哈哧地吐着半截舌头,感觉随时会喊人一嗓子,待人接物透着一股傻劲儿。猫就不一样,骨子里慵懒,待人接物都保持有一种距离感,特贴合文艺青年的灵魂,孤独,寂静。在两条竹篱笆上开满了紫色的牵牛花,每个花蕊上都落了一只蓝蜻蜓。

两小时后,你站起来抖抖蹲麻了的双腿,完成了云养猫的目标,穿过南北向的一条短路,准备前往西仓的下一站——鸟市,老司机们的聚集区,文艺青年心中的耶路撒冷。

有人不屑一顾,认为鸟市是西仓市井文化中的荒漠,没有青年力量,全是提笼架鸟的老年人。这种观点完全是错误的,鸟市才是西仓市井文化的精髓。

站在鸟市的一端,你内心感慨万千,见到编织鸟笼的,脑海里立马进射出"工匠精神"四个字。甭管编鸟笼的老头乐不乐意这四个字,你要心怀崇敬,一生只做一件事,可以说非常"工匠精神"了。有些人太急功近利了,一点儿都不纯粹,编鸟笼也是情怀。

但文艺青年是不会买鸟笼的，原因是手头不太宽裕，一个鸟笼百元起步，不能买。至于鸟就更加不能买了，文艺青年连养活自己都费劲儿，何况还要养一只鸟，看看就好。

再往里几步，越过五金杂货的摊位，越过嘈杂的鸟叫声，马路正中间就是古玩摊尺了。佛头、玉把件儿、汉俑、青铜器、黄铜镇尺、墨盒……散落在一块儿红布上，左边是摊主，摊子前方有一个纸牌，写着"××古玩胡求卖"。整个摊位，老板本人最值钱，毕竟在这一地的东西里面，就数他的岁数最大了。

后边儿靠墙的是剃头、拔牙、火罐、贴膏药，老大爷撩着上衣，满身玻璃罐子，跟技师有一搭没一搭地聊着，过会儿时间一到，一连串的"啵"声之后，大爷心满意足地背着一脊背的红色圆点，好像手机的手势解码图标。

你静静看着这一切，一言不发，但内心深处已经开始有东西迸发而出，啊，市井生活，熙熙攘攘却又不急不缓，慢生活！

不远处，手里盘着一对闷尖儿狮子头核桃的中老年大爷们或是弯腰仔细研读某药品的功效，或是蹲在碟片摊位前在秦腔碟片与外国 DVD 电影之间难以抉择。看着这些想要扼住时光的老司机，你忽然间就想起了灵魂导师王小波所说的，生活就是个缓慢受锤的过程，人一天天老下去，奢望也一天天消失，最后变得像挨了锤的牛一样，一切都在无可挽回地走向庸俗。一想到这里，你心里寂寞而凄凉，感到自己的生命将要被剥夺了。

但又忽然警醒，背诵着王小波的名句："在我一生的黄金时代，我有好多奢望，我想爱，想吃，还想在一瞬间变成天上半明半暗的云……我觉得自己会永远生猛下去，什么也锤不了我。"一定要背诵长句子，要应景，因为旁边可能也有好几个文艺青年在背诵王小波。

即便被锤了，千里之行，始于西仓，火罐刮痧，释放真我。

你内心忽然云开雾散，这就是西仓，永远生猛，永远鲜活，永远和有趣在一起。你边走边流泪，内心默默地保证，这一辈子都要做一个有趣的人，实在不行，交一个有趣的女朋友也行。

想到此处，你掏出手机，打开各个有"附近的人"的社交软件，选只看女生，挑头像好看的，挨个儿打招呼，这次你不打算谈论王小波、卡尔维诺、普鲁斯特，只有两个字：约吗？

西安次要生活观察

  等思绪平稳，你也走到了西仓的末尾处，鱼缸里吐着泡泡的鱼，卖力踩得轮子飞转的仓鼠，大妈戴着镜子在弄十字绣，旁边有个小道，拐进去……斑驳的墙上用黄色颜料写着"有人"，爬墙虎的叶子垂了下来，时光悠长，岁月静好，你的灵魂已经升华，离体三米一高，站在西仓的出口，俯视着人间的一切。

  逛完西仓，你浑身从内而外地通透，然后顺道拐进回民街，挑一家酸汤水饺，在等待饺子的过程中，拿出手机，精心挑选好照片，一一加上滤镜，然后发到朋友圈，配上一句"见过西仓汹涌的人潮，汗流浃背，举步维艰，我并不喜欢，但我看到了有人依然洋溢着兴奋，我知道那是属于他们自己的快乐"，为当代"云西仓，慢生活"做出了一份应有的贡献。

时装周没这些西仓大爷，我可不看

无论你是谁，只要你到过西仓，你就会发现，一些西仓大爷注定与别处的大爷不同。在我看来，世上所有的秀，都没他们拿捏得那么自然。他们个个都是穿搭鬼才。

有人甚至放话，时装周要是没这些西仓大爷，他可不看。

西安次要生活观察

"观察过西仓那些大爷吗？"朋友问我。

"你意思是说，当我们大多数人老去之后才会发现，自己既成不了长安步行街广场上的健身老汉，也成不了环城公园单杠上旋转跳跃的大爷，只能是跟大多数的普通老头一样，逢周四、周日，去西仓晃荡，就像毛姆说的那样，用尽全力，过着平凡的一生。"

"不是，我的意思是你都28岁了，还没有西仓那些逛街的大爷会穿搭。"

"对不起，这次是我肤浅了。"

无论你是谁，只要你到过西仓，你就会发现，一些西仓大爷注定与别处的大爷不同。在我看来，世上所有的秀，都没他们拿捏得那么自然。他们个个都是穿搭鬼才。

有人甚至放话，时装周要是没这些西仓大爷，他可不看。

他们总是与周四、周日的晨光以及无数人同时出现在西仓。但无论在哪个摊位，在巷子的任何一处，在哪一处拥挤的人群中，那些大爷都像黑夜中的萤火虫一样，那样的鲜明，那样的出众。像眼眶里荡漾而未曾流出的泪水，像忘不掉，像留不住，像伙计们举起酒杯刹那间涌上心头的如烟往事。

网络时代，打开互联网社交平台，到处都是教你如何穿搭，千万不要沦落为普通人。看个视频，从北京的三里屯，到成都的太古里，再到西安的小寨，处处都是千篇一律腿长两米四的炸街潮人。

但西仓大爷们会告诉你，不要去尝试模仿他们，你去追逐时尚，最终会泯然众人。皮科·德拉·米兰多拉在《论人的尊严》中写道，你是你自己的塑造者，有着选择的自由和尊严，你可以根据你的喜好把自己变成某种形象。

所以，你要自己决定成为什么样的人，穿什么样的衣服，选择什么样的生活方式。

我坚信，你已看过无数篇关于西仓的文章，以至于一想到市井、一想到烟火，脑海里就会不由自主地浮出西仓。但那并不是西仓的全部，就像你看到一座冰山——那只是冰山浮出水面的部分。

"我就这么给你说吧！无论什么情况，只要周四、周日还开市，那么一场秀便无可避免地开始了，"朋友点了一根烟，提醒我，"你要认真地去观察，去体会。"

西安次要生活观察

Living in Xi'an: An Alternative View

没有炸街潮人那种假装散步然后无意中发现镜头时的演技，没有小视频里那种臀部后撅，大爷出手就直接开始整活儿，别看其他，穿搭上分高低。

有时候你不得不承认，西仓大爷，正在成为这个城市的一种人文景观。

他们沐浴着时代的风雪，穿过西仓拥挤的人潮，穿过幽暗的岁月，飞跃互联网来到你的面前。他们是时代的见证者，更是走在时尚潮流前列的汉子。

如果西安的夏天注定是被热浪包裹，那他们就是西仓夏季里的这一道热浪本身。

当我在西仓看到这些穿着花衫衫大爷的时候，我才明白唐仁看到长泽雅美时，脑海里为什么会泛起一首老歌来。因为，那一刻我脑海里也响起一首"打卤钢乎斯关盖咩，乌斯甘愿醉坏嗲，醉哈比乎乌桂西，大纲清土古瓜滴……"（歌曲《浮沉的兄弟》）的闽南语歌曲，而那些大爷就是歌曲中的主人公。

他们身穿花衫衫，与夏日共同降临西仓。

精神小伙们急于用豆豆鞋、卡裆紧身裤以及满嘴时髦语录追赶潮流，名媛们用朋友圈九宫格加凡尔赛的文案紧跟生活态度，但西仓大爷们不会，当你身处西仓，看到他们时必须保持清醒，因为他们传递的不是语言，而是在展示一种生活哲学。

也许他们年轻时候是在夏威夷做进出口芥菜疙瘩的绅士，如今千帆过尽，生活复归平凡，但他们依旧是那个生活在别处的浪子。

如果西安的冬天更适合一场覆盖城市的雪，那么他们就是西仓无风夜晚的雪花静静沉积在心底。

泰戈尔说，鸟翼系上了黄金，这鸟儿便永远不能再在天上翱翔了。衣服只有穿在身上才有意义。你不能把衣服锁在衣柜里，你得穿在身上，就像星矢穿上战甲，他才能被称作圣斗士一样。背着青铜铁箱的时候，他更像是个外卖小哥。

白天可以不懂夜的黑，但西仓永远是最懂大爷黑色皮衣的地方。黑夜给了他们黑色的皮夹克，他们穿着它行走在西仓，就如山本耀司所讲，黑色给人传达的信息是，我不招惹你，你也别烦我。

一身醒目的黑，加上不拘一格的内搭，透着一股子内外兼修的"狠人"风范。

如果再加上一辆交通工具，无论是一辆充满年代感的二八大杠还是一台挡风板上印着SUZUKI的摩托车，效果直接翻倍。他们就是这座古城里捕风的

西安次要生活观察

汉子，是风的尽头。

从来没有哪一刻像此刻这般的感觉，仅是在人群中多看了一眼，便让人为之震惊，呆若木鸡，让人不得不感叹西仓的百花齐放。

时代变了，在如何让自己穿得舒服这门技术上，大爷跟年轻人之间没有区别。

唯一的区别就是，年轻人可能还没有大爷会穿搭。相比于在网上追逐价格不菲的潮牌，大爷们从不追求什么消费升级，宁可花点小钱就把自己拾掇得板正妥帖。那些在年轻人眼里不值一提的服装，在大爷们眼里就是化腐朽为神奇的良药。

这跟颜值无关，所有男孩都会变老，但不是所有男孩在老去之后都会变成西仓大爷。

千年的大道走成河，多年的媳妇熬成婆。穿搭这件事情看似简单，但如果生活底子不够厚就掐不准这个范儿。

即便是一件旧衣，一顶旧帽子，也就只有跟生活打交道大半生的大爷才能穿出味道。

有人说，Polo 衫是男人的吊带，是全球浪子们衣柜里的 MVP。浪荡中带点高贵，精致中透着不羁。但西仓大爷会告诉你，穿着 Polo 衫的时候，你可以把衣服的下摆扎进裤腰里，可以在巷子口买一个夹馍边走边吃，这丝毫不会破坏你的气质，但前提是，你别把领子竖起来。

穿搭的智慧需要沉淀和积累，从来不能直来直去，必须要打好基础，丰富自身，在保持一个主基调的前提下，学会用其他配饰来锦上添花，才能在这一场场西仓大秀中拥有一席之地。

所谓，煤（墨）镜一戴，谁都不爱。

煤镜之于西仓大爷，就像雨燕之于暴风雨、吴孟达之于周星驰、于谦老师的家人之于德云社相声、丝巾之于大妈一样重要。

但也有人坚信，在西仓，煤镜是低调的卑微，有恃无恐的大佬从来不需要任何配饰。

比如，就有人声称自己在西仓见过大爷版的鲁迅先生以及至少两个眼袋版的大总统袁世凯。

西安次要生活观察

凡所有相，皆是虚妄，穿搭最忌讳认死理，用所谓的时尚准则束缚自己，整日沉迷于时尚新品。

西仓大爷从来不认这一套，他们自由无拘，该吃吃该喝喝，即便是最简单的抽烟动作，他们也能玩得跟艺术一样，扬手侧首间皆是方寸不乱的老练。

只有去过西仓之后，你才会真正掌握穿搭。

走在西仓拥挤的街道上，你永远都不知道在什么时刻，在街道的哪一段，会偶遇一个穿搭讲究的大爷。继而你才会了悟，所谓时尚穿搭的套路，其实都是你大爷玩剩下的。

街边随意堆放的待售商品和嘈杂的喇叭外音等，无法拉近你与西仓的距离，但你大爷绝对可以。

在某个维度，他们就是西仓的一种代表。

沉迷于花鸟鱼虫以及街边笼子里的宠物，只会让你陷入一种因猎奇而产生的短暂新鲜感。只有仔细观察往来人群，你才有机会融入一种真实的西仓语境。

如果有人要我推荐当代西安最值得去的地方，那么藏在城市之中的西仓一定是我力荐的第一个目的地。

西仓的时光仿佛永远停留在了20世纪90年代末的某个星期四或者星期日，风景旧曾谙，无论是初次抵达还是久别重逢，除了涌动的人群之外，它永远都是那副模样。也从来没有其他一个地方像西仓这样，拥有与众不同的浪漫以及复杂的气质，就像出没于西仓的大爷那样。

"把人分成好的与坏的、年轻的与年长的显然是荒谬的。在我看来，人要么迷人，要么乏味"，一个大爷这么总结道，"人嘛，这一辈子，做到两件事儿，要在看起来不怎么好玩的地方，努力找出有意思的事情，尽可能地享受那里的生活。以及在不怎么样的平凡人生中，努力找出快乐而生活下去。这样你才不会觉得你自己是生活盛宴的局外人。"

"诗人死了，但这不妨碍人们依旧诗意地栖居在大地上。"

大爷还嘱咐我，对待人生，不妨大胆一点，因为我们最终会失去它。只有明白这一点，才会参透穿搭的奥秘，不在于时尚不时尚，而是你认为非这么穿，才显得时尚。

当我若有所悟时，大爷俯下身子，翻检起塑料方框里的碟片，粗糙的大手

Living in Xi'an: An Alternative View

西安次要生活观察

一路拂过战争片、家庭剧、港台经典电影……最终风轻云淡地捏起了一张《黑虎坐台》秦腔折子戏碟片合辑和几部动作电影,开始和老板讨价还价。

当然,这与穿搭无关,那已经是发生在西仓的另一个故事了。

本文图片为摄影师嫦尤里拍摄。

到了西安环城公园,
才知道身体不好

从环城公园回来的朋友神情恍惚地扶着腰,我没敢问他到底经历了什么。只记得他反复感慨,你大爷终究是你大爷。

西安次要生活观察

"到了环城公园,才知道身体不好。"

从环城公园回来的朋友神情恍惚地扶着腰,我没敢问他到底经历了什么,只记得他反复感慨,你大爷终究是你大爷。

如果不是看到他朋友圈的视频定位是环城公园以及视频里耸峙的城墙,我都怀疑他是不小心误入了绿林好汉们的寨子。

鸡窝飞凤凰,民间有高人。

"我去过很多健身房,办过很多张健身卡,撸过最硬的铁,骑过最动感的单车,遇到很多健身的人,但去过环城公园之后,我觉得人们对'夕阳红'这三个字有误解,因为他们忘了,太阳在什么时候都是耀眼的。"

谈起这段经历,朋友再次下意识地扶了扶腰,目视着远方,他说他要写一本书,名字叫《最硬不过夕阳红》。

不怪朋友神情恍惚。去环城公园锻炼,是"爷字辈"西安人的最爱,遇到高人的概率甚至比去终南山还高。

西安人人到老年,活开了,爱秦腔、爱旅游、爱广场舞,但只有在环城公园玩健身,才算得上老年人里的王者。任谁看过,都会被这种生命的奇迹俘获。

这种高度,年轻人达不到,生活阅历不够。

在我看来,单杠永远是寂寞的。无论是在大学,还是小区里,它最大的用途就是被用来晾晒被子。

但,有些事物注定会相遇。定海神针会遇到孙悟空,风火轮会遇见哪吒,哮天犬会遇上杨戬,白裙子会遇见白衬衣,就像,立在城墙根下的单杠,会遇到健身的西安大爷。

浪子们经常会在黎明前痛饮美酒,在夜风中互相交流心得,什么是相遇?相遇就是这世间的每一根钢管,都会迎来自己的舞娘。如果说,春暖花开的日子,每棵树上都会长出大妈,那么,四季流转里,环城公园的每一个单杠上,都挂着一个大爷。

如电影所讲,世间所有的相遇,都是久别重逢。

太空漫步、杠上抱腿旋转、倒挂金钩、倒立上双杠、徒手站杠、单杠龙卷风、跨腿 360 度转杠、顺风旗……

在环城公园看到在单杠、双杠上翻飞的西安大爷之后,足以感悟到中国体操队保持世界前列水平的秘密。

"上次我路过环城公园两处单杠,一个单杠上挂着大爷,另一个单杠上也挂着一个大爷。"

终南山里一定没有神仙,但环城公园可能有。

在这片土地上健身的人,讲的就是个返璞归真,顺其自然,适性得意。

你在西安的健身房里,见过那些挥汗如雨的年轻人,但你不知道西安的街头健身领域,老年人才是永远的神。

他们把街头健身这种运动推向了另一个领域。

从体操到瑜伽,从器械到徒手,再到硬桥硬马的真功夫,一招一式,成龙看了会沉默,吴京看了会流泪。

朋友告诉我,他的腰就是从遇到一个在环城公园玩叠罗汉的大爷开始疼的,当时自己半边屁股都麻了,自己这辈子都没见过这么生猛的叠罗汉。

体能无分老幼,即便是20岁出头的年轻人,身体素质在环城公园的大爷面前也只能是弱不禁风。

我听过很多西安的年轻人吹牛、夸海口,讲自己老了以后必然会是制霸他们小区广场舞的王者,但却没有听到任何一个人敢讲,自己老了以后会是制霸环城公园的健身大爷。

姜是老的辣,老油滚出老油条。

没有经过红尘历练的年轻人,永远不会明白,为什么《天龙八部》里的扫地僧会是战力的天花板。

就像他们不会懂,环城公园的大爷为什么一个干净利落的少林金刚铁板桥之后,还能有余力朝着旁边喊,给我身上站个人来。

"上次被朋友喊着一起去踩背,师傅站上去不到五分钟,差点就当场给我物理超度了。"

这绝非是自嘲,而是见过天地、见过众生、见过强者之后的一种本能反应。

去过环城公园,你才会懂,中国人会功夫的秘密藏不住了。

就像公园里锻炼的大爷,表面上看是一个劈叉之后,咬着自己的鞋,实际上后面的腿还跟着有一个腾空的动作。原理就是,通过用牙齿的咬合力加上脊椎挺起的力量,一瞬间给身体施加一个向上的力。

这，就是轻功。

据说这门功夫大成之后，便可左脚踩右脚，螺旋升天，就连牛顿都管不了他们。

但要说到真正的吹牛，后生们还需要去环城公园多走走多看看，体会体会什么是"神仙放屁不同凡响"。

俗话说，体格再壮，人多也跑；功夫再高，也怕菜刀。

但没人知道，菜刀再利，也怕气功。

环城公园的大爷，左手菜刀，右手芹菜，肉身做砧板，意随两掌行当中，真气旋转沉丹田，全身浑然绷一体。右手握菜刀，左手拎芹菜，肉身做砧板，气行任督小周天，温养丹田一炷香，快慢合乎三十六，九阳神功第一重。

看着满地的芹菜段，你才会对"外练筋骨皮，内练一口气……中华有神功"这几句歌词有更深刻的理解。

古时候，护城河是一座城的第一道防线，之后才是耸峙的城墙。按这个观点来看，如今，在护城河与城墙之间的环城公园就是这座城的第二道防线。

前提是，得有那帮子在环城公园里健身的大爷在。

"当年如果有这么一帮大爷在，我估计李世民根本就进不了玄武门。"有人开玩笑说道。

不过，环城公园并不是西安健身大爷们唯一的归宿。有人说自己在兴庆公园里见到了真神，有人说自己在长乐公园见过，也有人说自己在高新的一个公园见过。

有时候，你看着这些大爷，看着他们喊着号子在公园里努力锻炼。每个动作都仿佛要告诉你，你来对了，大爷今天让你小刀刺屁股——开开眼。

你无法搞清楚，大爷跟生活双方之间，到底是谁扼住了谁的咽喉。他们看上去永远孔武有力，肌肉紧实饱满，浑身散发出的光，耀眼得就像浴霸一样。

一个大爷告诉我，生活虽然每次让我离秃头更进一步，但只要朝我身上爬的人足够多，这生活就压不垮我。

实际上，老年人健起身来，谁看了都觉得顶不住，他们是真正能把绝活跟健身这两个不相关的事物糅合在一起的群体。

公园的惠民健身器材区就是当代的"练武场"。

比如说兴庆公园，西安的老牌公园，这里没有精致的健身器材，缠着你办私教课的教练，除了最基础的惠民健身器材，就是长了有些年头的树木。

但所有都知道，这里的广场舞冠绝西安，但这里最劲的，就是健身大爷。

就像年老的圣地亚哥孤舟驶向加勒比海，人们都以为他已经苍老不堪，但有谁能知道，他会是个敢在怒涛之中与鲨鱼搏杀的狠人？苍老永远只是大爷们的表象，这一点，不管是在加勒比海，还是在西安的公园里。

既有人玩外家功夫里最为刚猛的铁山靠，也有人气沉丹田，敢玩一出铁枪刺喉。

爷太美，尽管再危险，也依旧有人冒着被伤到的危险，举起手机，只为记录下那神奇的一幕。

"能拍到什么完全凭运气。"

一个经常逛公园的朋友跟我讲，西安老年人健身主要依靠想象力和实践力，一个要求胆子大，一个要求大起胆子来。在这片复杂的土地上，只要你逛的公园足够多，你就能看到最让人觉得不可思议的锻炼方式。

"就像古玩摊上的那些通过想象力制造出来的假古玩，你总觉得哪里有些不对，但你的第一印象肯定是：这是啥，也太牛了！"

西安这座城市越来越大，高楼越盖越多，城市生活越发便利。不出门可以叫外卖，朋友不见面可以发微信，不逛街可以网购，但也让我们失去了忧患意识。

年轻人往往对老年人的说教感到厌烦，从而忽略了一些真正的生活智慧。

如果说人生有什么值得铭记在心的经验教训的话，那么拥有一个健康的身体，永远都是排在第一位的。

实际上，西安公园里健身的大爷们通常是沉默的。他们沉默地出没于健身区；只跟自己认识的人打招呼，对周围喝彩的报以微笑；在面对记者采访时，他们也就只是憨厚地表示，为了锻炼好身体。

尤其我看到一个西安大爷，双手捏着单杠两边，依靠臂力双脚悬空，之后一个转身潇洒下杠时，我想我见到了那个扼住命运咽喉的真男人。

西安次要生活观察

我在西安北郊目睹了王者之间的尬舞

一次机缘巧合，我在北郊亢景路街心公园内，目睹了王者之间的 battle。

晚上八点以后，随着音乐响起，我立即预感到这绝对是一次非同寻常的广场舞。

西安次要生活观察

北郊，西安广场舞高地，王者云集。

是的，别以为会跳（包含但不限于）国标、恰恰、民族舞、广播体操……就能在西安广场舞界称雄，徒增笑耳。

将 cypher、battle 等尬舞精神与秧歌步以及蹦迪技巧完美融合的舞蹈，才是今年西安广场舞的主流趋势。

一次机缘巧合，我在北郊文景路街心公园内，目睹了王者之间的 battle。

晚上八点以后，随着音乐响起，我立即预感到这绝对是一次非同寻常的广场舞。

因为，音浪，太强。

一米多高的巨大音箱，就像黑暗中的萤火虫一样，那样的鲜明，那样的出众。那劲爆的舞曲、动感的节奏、开始冒烟的空气，都预示着：不晃，会被撞到地上！

很快一位浑身精瘦光着上身的老年王者随着音乐节拍开始暖场，围绕众多舞者来回跃动，旋转、跳跃，他闭着眼，认真体会着舞者的悲喜。至于说这舞姿嘛，我觉得应该是源自 20 世纪 90 年代 TVB 古装武侠片里的武打动作，虽然做得不标准，但看起来挺好笑的。

来回跳了两支舞曲后，王者很快就累了。开始化身 DJ，围绕着音响，不断地切换歌曲，偶尔会挥舞手臂招呼围成一圈的吃瓜群众进场跳舞。

许是受到了老年舞者的感染，灰衣短裤大哥的内心被点燃，从人群中一个转身便滑进了舞池中心。

先是从腿部开始抖动，继而双臂探出如灵蛇翻动，浑身上下随着音乐有规律地动若癫痫。看得人暗自揪心：这不是踩到电门了吧？

是共振！围观人群中发出一声惊呼。这门舞蹈灵感源自踩缝纫机，主要诀窍就是抖。一抖腿，二抖身，三抖万物。

据说抖得快的舞者能够使身体抖动的频率与舞曲的共振频率合二为一，使得音乐能够深入身体细胞内部，人曲合一，有病治病，没病强身。每天两曲，把病抖走。

不要问我为什么知道这么多，音"药"，本身就是治愈一切苦痛的良药。

跳过两曲之后，灰衣大哥红光满面地退到了舞池的周边，因为橙衣哥闪亮登场了：头顶橙帽，身着橙衣，脚踩橙鞋，浑身上下透着一瓶冰峰成精的既视感。

与心里的小人已随着舞曲跳动但扭捏不肯跳舞的围观群众不同，橙衣哥上来就给掀了个小高潮，舞姿显然是经过刻意练习的，属于农业机械舞，就是将机械舞与点玉米的农家劳作动作完美结合：挖坑、下籽儿、埋土。一曲终了，吃瓜群众纷纷叫好。

在众人的喝彩声中，橙衣哥边喘气边向大家介绍了自己带来的肥瘦兄弟。新来的两位舞王明显很激动，相互配合，舞姿大开大合，你来我往，就像你去凉皮店给老板说要一个肥瘦肉夹馍，然后你眼睁睁看着那一块儿肉在菜刀下你来我往，翻滚，最后融合在一起。

我一边拿着手机拍照，一边决定再也不吃肥瘦肉夹馍了，因为肥瘦真的太腻了。

周围充满了"太牛咧！""全西安欠这群舞王一个迪厅！"的赞叹声。

每一位舞者的动作都不重样，而且人越多，他们就越浪。舞姿毫无章法，没办法归类到任何一个舞种里，基本上都是想到什么动作就跳什么动作，就像远处那位 70 岁的老大爷，舞姿灵感一看就是源自术后康复动作。抱着孩子的大姐，只随着音乐轻轻摆动，生怕幅度太大把娃甩出去。再比如这哥俩之间的尬舞，灵感可能来自闲人吵架套路。

在我面前跳舞的花衣大叔明显可以看得出来年轻的时候去火凤凰舞蹈学校进修过，专注蹦擦擦三十年，特别喜欢跟在场跳舞的女舞者互动。看见我在拍照，花衣大叔很热情地冲出来说："来，进来跳！"

这个邀请理所当然地被我拒绝了："不桥，不桥，一桥一身 shei。"（注：不跳，不跳，一跳一身水。）

据花衣大叔讲，自己以前体重二百来斤，自从开始尬舞之后，短短一年时间就减掉了六十多斤。怪不得从他的舞姿里，依稀能看出二百舞的风姿。

我仔细地看了一下场中的舞者，人员组成涵盖了各个年龄段，固定人数在十五六人，很多人都是遇到自己喜欢的舞曲之后，下场来一段儿即兴，然后事了拂衣去，退到舞池边缘。

晚上九点，夜已经黑得跟汪峰老师的皮裤一个样，不过众人却不愿散去。

舞池中一位红衣黑裙短发的 B-aunt，显然是常年在此跳舞的老手，动作娴熟,虽然看得出来动作灵感是来自跳大神,双臂展开一米四,但依旧充满了力量,跳跃、旋转,边跳边用陕西话嘶吼:"中老年大PK,嗨!嗨起来!加油!少年组加油!"

看了一阵子之后,才发现原来是年轻舞者之间的PK,就是一大群年轻人在舞池中跳舞。随着劲爆的音乐,红鲤鱼与绿鲤鱼从舞池边缘游入舞池中央,开始了她们的solo。

两人脚步配合默契,犹如跳皮筋一般,力量从脚部开始一路冲上全身,时而面对面,时而背靠背,一时间舞池充满了快活的气氛。

两位大哥看着看着,觉得这是一个放飞自我的好时机,也摇头摆胯地冲到了红鲤鱼与绿鲤鱼周围,兴奋地发出"嗷嗷嗷嗷"的叫声。

或许是这种快活的气氛,或许是劲爆的舞曲,越来越多的人纷纷冲入舞池开始疯狂摇摆,夜幕覆盖街心花园,汗水很快湿透他们的脸。路灯投射在每个人的脸上,看起来他们非常快乐。

"美气!"一个年轻人气喘吁吁地从舞池中退了下来,双手叉腰跟我聊,"我觉得这个世界是反的,年轻人丧得一批,整天宅家里,没有活力,觉得很孤独,中老年人却活力四射。"

"那年轻人应该咋办?"我诧异地问道。

"对待生命,不妨大胆点,反正要失去它。孤独并不是好事,孤独会让你堕落。应该走出房间,上街跳舞!"年轻人说完,弯腰缓了一下,又冲进舞池之中。

对于我拍照这事儿,似乎也没人反对。光膀子的王者甚至大声向舞池中涌动的人群喊话:"好好桥(跳),有人拍照着呢!"

在劲爆的舞曲之中,我依稀看见老年生活在向我招手。

每个夜晚，
都有西安人去桃花潭公园K歌

如果说长安广场的夜，让健身大爷们变得更兴奋，那么，夜幕覆盖的桃花潭公园，则抚平了一些疲惫的心。

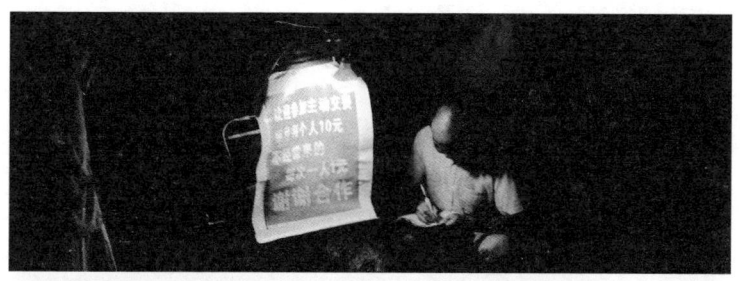

西安次要生活观察

知识付费,追漫画付费,看个电视剧要付费,听歌要付费,就连桃花潭公园的广场舞,都趁着商业浪潮玩起了付费,甚至还带着点儿饥饿营销的味道,"每月每个人10元,不经常来的,每次1人1元"。

但我还是建议你,多走进桃花潭的深夜,当然不是因为广场舞。

这座借用李白《赠汪伦》一诗而命名的公园,如今成了很多人在夜晚灵魂跑路的出口。不管白天有多少糟心事儿,上班不顺利,孩子尿炕,跟老公吵架……只要在桃花潭拿起话筒,唱一首歌,生活就不会荒芜。

头顶无垠星空,背后滚滚车流汇聚在路上。一个大姐,手执话筒,越唱越动情:

"不能哭喊已破碎/曾经的最美/独自一个人熟悉的街道/别问你在想谁……"

你看过了许多综艺,你看过了许多Livehouse,你迷失在音乐节的每一场pogo里;你听过了许多歌曲,你看过了许多MV,你沉醉在每一首歌所描述的人生里;但没有见识过夜晚的桃花潭公园,你可能就永远理解不了一千多年前,李白为什么会写下那句"忽闻岸上踏歌声"。

如果说长安广场的夜,让健身大爷们变得更兴奋,那么,夜幕覆盖的桃花潭公园,则抚平了一些疲惫的心。

曾经以为生活就这样了,平静的心拒绝再有浪潮。当中年人在下班后为了躲避生活,宁愿在地下车库的车内发呆都不愿回家时;在桃花潭的夜,老汉却选择了骑在摩的上,用白日里骑摩的的颠簸锻炼出来的节奏感,稳准狠地直抒心意:"亲爱的亲爱的我陪你,风里雨里我们一起闯天涯。"以实际行动告诉别人,时间只能打掉他的牙齿,但永远都熄灭不了他心中的那团火焰。

这么跟你说吧,你在任何一场音乐节和Livehouse都看不到这样的歌手,城墙洞里唱歌都还知道带几件乐器,他们这里就只带了自己的嗓门。

挤在人堆里一言不发的中年大哥,盯着点歌台,从"西湖美景三月天哎"的二人对唱,一路听到"我和草原有个约定"的女声独唱,终于挤出人群,让点歌的小哥帮他点一首《献给妈妈》。

他的声线不是那么迷人,节奏不是那么准,甚至就连气息也有点乱。但谁也无法否认,在这样的夜晚,在温柔的风中,老哥的那份真诚,无论是对于歌的，还是对于他母亲的。

影视主题曲、发音不准的粤语流行金曲、网络神曲、方言歌……在桃花潭待三个小时，就能让你切身体会一把这几十年来人民群众的音乐口味变迁史。

蹩脚的粤语和不协调的肢体动作无法拉近李克勤与"野生"歌手的距离，但这一点不影响他们李克勤附体，对这个夜晚发出警告，"卑污的晚风，不应抚慰她，我已决意一生护着心中的她"。

这些并不是桃花潭公园的全部，这个公园跟其他公园别无二致，一部分跳广场舞的，一部分跳拉丁舞的，一部分绕湖跑步的，一部分黑夜掩盖下谈情说爱的，但也许是因为这些歌手的存在，桃花潭公园又成了最为独特的存在。

"每天晚上我都会来这里待上两三个小时，有时候是我一个人来，有时候是带着媳妇一起来。桃花潭日落月升，风掠过湖面，我们就在这里，看他们唱歌，这是我跟媳妇保持感情融洽的秘方。"把背心卷成比基尼的汉子认真地坦诚道。

别去计较，这些唱歌的人到底有没有那么专业，你只要明白，他们表演的冲击力绝对能让你的天灵盖嗡嗡作响好几天。

骑着"毛驴"赶早船的老太太，撇下"毛驴"，手提一尺长的烟锅，选择在桃花潭公园独自撒欢，因为这里有最好的歌手，以及那首最合适回忆青春的"你就像那一把火，熊熊火光照亮了我。我虽然喜欢却没对你说，我也知道你是真心喜欢我……"

老话讲，妇女能顶半边天。桃花潭公园的歌手们对这句话的理解永远是直来直去："别管什么半边天不半边天了，这玩意儿太虚了。妇女地位高不高，就看你能扛着她撑过几首歌。"

这种力量感，我也就只在渭南过红白事的民间乐团身上看到过。

而在《千年等一回》这首歌的表演里，歌手更是将性别平权的观念提高了一个思想高度。唱女声部分的歌手一身明黄色古装，以及夜幕都掩盖不住的喉结，柔软的身姿、雌雄难辨的声音，都仿佛在告诉你，时代发展到现在，生男生女都一样。

20 世纪 90 年代，可以拿着话筒，在老乡的围观下，用蹩脚的闽南语，跟着电视机里的碟片唱《爱拼才会赢》。新千年的 KTV 里藏着无数关于友情爱情的美好回忆，以及所有男性夹着嗓子唱的《贵妃醉酒》副歌部分。

但如今好像没有那个味儿了，每一趟地铁上，每一趟公交车上，都是低头看手机的人。尽管手机上有无数唱歌视频，但时代早已经悄悄地发生了变化，已经没有人想着如何在 KTV 出人头地了。

互联网的高度发达让人们感受到便利的同时，又让人变得愈发的孤独和缺少快乐。

"只要有音乐的地方，生活就不会有荒芜。平淡的生活需要 sing a song（唱支歌）。"这是一个刚在公园唱完《滚滚长江东逝水》的光头老哥告诉我的人生体验。

桃花潭不需要音乐节，因为他们有更好的。

对于一个热爱音乐的人来说，看综艺，看现场，听一首歌能带给你的无非是跟朋友之间的共同话题变得多那么一点。但在夜幕覆盖的桃花潭，你才会明白，现实永远比想象的还要大胆。

有的歌手也就只是在演出现场才穿得出格，但桃花潭的歌手们永远是不同凡响，你永远不知道在这里征服你的，是音乐本身，还是这些歌手比下冰雹还要大的脑洞。

比如打死你你都想象不到，电视剧里看过的那个"鞋儿破、帽儿破、身上的袈裟破"的济公和尚，会在这样的夜晚，拿着话筒声情并茂地给自己的老妈献唱："她不是世上最美的人，她却是世界上最疼我的人……"

你也想象不到，出现在桃花潭公园的八戒，就只是为了在《西游记》的 BGM 里颠倒红尘，跟已经人老珠黄的女儿国国王共唱一曲《女儿情》，替师父弥补一段"长老姓唐，甜到忧伤"的感情缺口。

头顶假发、穿着破烂的歌手，不去理会围观的群众，专心唱道："孤单的时候就点燃一根烟，人潮拥挤赶不走孤独。这人生啊多少真情被辜负……这一路啊要尝尽多少的苦……"

而面前放着"乞丐唱歌，只要饭，不要钱！！"的牌子（但实际上啥都不要），使得整个表演就像是一种行为艺术。

还有这首唱哭天下儿女的《爸爸别走》，扮演父亲的老哥，用专业素养告诉你这一趟绝对没白来，就地一躺，眼一闭腿一蹬，女歌手顺势出场，围着老哥转圈唱"爸爸别走，请你不要走……天堂的路你一个人走"，字字带泪，声情并茂。

旁边围观的中老年男子们都集体陷入了沉默，生怕自己吭个声也被唱走了。回家给媳妇说自己刚在桃花潭看到了一个精彩的告别仪式。

如果这些还不能让你对桃花潭肃然起敬，那一定要看看这首《别故乡》。

光是从扮相上，就连普通人看了都直呼内行。老哥显然是花了心思的，坐牢三件套、囚服、镣铐、大光头，要知道迟志强本人在唱这首歌的时候都没有过这副扮相。

不仅如此，唱歌过程中老哥那撕心裂肺的一声"娘啊——"，那一跪，更是为这场表演注入了普法宣传的灵魂，让人不由得怀疑老哥是不是真的坐过牢。

有时候你不得不感叹，歌曲和生活一样，都是在有限的 BGM 里续写出无限的故事。

桃花潭当然不是李白笔下那个桃花潭，但一个公园的意义就是让普通人有个生活之外的场地。

在这里唱歌的都是如你我一样的普通人，退休工人、建筑工、环卫工人、家庭主妇、卖菜卖水果的小贩，还有没名气的主播们……

1993 年的冬天，作家余华给自己买了一套音响，后来他形容这种感觉："我没有想到自己会如此迅猛地热爱上了音乐，音乐一下子就让我感受到了爱的力量，像炽热的阳光和凉爽的月光，或者像暴风雨似的来到了我的内心。"

如果余华的这个说法过于文艺，换个说法就是，即便再普通、再贫瘠无味的生活，听听音乐，唱唱歌，就会让你开心起来，看一切都觉得美好。

唱歌的人有希望，歌声好坏都一样。

只有在桃花潭，拿起话筒时，普通人就立即变得不普通起来——这可能是他们一天最开心最舒适的时刻。忘记了生活的疲惫，开始千变万化，歌里有热血，有离别，有亲情，唱过七情六欲，唱过人生八苦，唱过滚滚长江东逝水，也唱过曾经的最美。人们在每首歌里，角色各有不同，人生角色也随之在一首接一首的歌里流转。

夜已变得更深，桃花潭水不用再承载岸边的歌声。活动结束，歌手们又变回普通人，回到普通的生活里去。

西安次要生活观察

  围观的人也开始离去,一位随着人群散场的中年大哥,早在之前就掏出了手机,记录下黑夜里的那一抹肆意绽放的红,给自己备份了一份快乐,然后等待明天的夕阳西下。

去钟楼听了个"野生"演唱会，
听完后半边屁股都麻了

钟楼如今是西安年轻人的伍德斯托克。

这听起来就像是在说玩过山车能治肾结石。虽然有些不可理喻，但这确实是事实。

西安次要生活观察

钟楼如今是西安年轻人的伍德斯托克。

这听起来就像是在说玩过山车能治肾结石,虽然有些不可理喻,但这确实是事实。

本地的老哥会跟你讲,钟楼嘛,很像一个秘密,往事都藏在夜里。只要瞅一眼,人就飞回到了喔(意为"那")二年人潮汹涌的跨年夜了,这辈子你都没见过那么多的人,乌泱泱一河滩。黑夜给了我黑色的眼睛,我最后用它朝南一路走到小寨,才找到了被挤散的朋友。

在西安打工的朋友讲,去过,钟楼底下的盘道总容易让人迷失方向。而在外面,你站在高处看,车流绕着钟楼永不停歇,看久了就发现,像在看一个高速运转的滚筒洗衣机一样,大家最后都被时代的离心力甩出了市中心。

西安是旅游城市,来西安免不了去看看钟楼。

跟团旅游的外地游客讲,钟楼是西安诸多景点里的一个景点罢了。沿着东线逛一圈,导游带他们中午吃油泼面,下午吃泡馍。看完兵马俑,大巴车抵达宾馆的时候,关中平原就黑了下来。下车的时候,导游说,明天咱们去昭陵,大家一会儿可以去逛逛钟楼。于是游客手机里便多了几张带着噪点发着光的钟楼以及鼓楼的照片。

只是如今,当人们再次踏足钟楼,会发现这里早已经被"野生"演唱会占领。

歌手们与月光同时出现在钟楼,熟练地在开元商城门口以及对面的下沉广场安装好唱歌设备,并以钟楼为背景开启手机直播,然后在环绕钟楼的车流的底噪中,对着直播间说"朋友们,你们好"。

然后他们就开始唱歌。

从粤语流行歌唱到民谣再到抖音金曲,只需要半个晚上的时间,就能在环钟楼"野生"演唱会上重铸一次流行音乐简史。

朋友你过来,今晚让我用走音的吉他伴奏,沙哑的歌喉演唱一首《暗里着迷》,送给浪漫的你。你往前再走一段,有人唱,那就这样吧,再爱都要沙扬娜拉,再给抱一下,闻一闻你的长发。

像是忽然失恋了一样,让人心里很不是滋味。

旁边坐在台阶上的朋友,听了一段散装粤语版的《海阔天空》后问我,战吗?

我有些不确定,试探性地接了一句,战啊,以最卑微的梦……

Living in Xi'an: An Alternative View

朋友连忙摆手，告诉我说，意思是站起来缓缓吗，这台阶太硬了，坐下听几首歌后，感觉好像被打了麻药一样，半边屁股都麻了。

一般来讲，现在要成为一个歌手，你就先得接受专业的声乐训练，少吃刺激性的食物，每天要早起吊嗓子，学咬字，学乐理，学会换气，以及用喉咙以外的身体部位发声。除此之外，你还要学很多的歌，学个十来年然后去参加音乐综艺，一曲唱完，在忐忑中等着导师为你亮灯。

但在钟楼，情况就不一样了，"野生"演唱会的歌手们来历复杂。可能是音乐学院尚未毕业的学生，可能是文学爱好者，也可能是早上还在工地绑钢筋，傍晚突然就觉醒爱乐之魂的民工。很快，很迅速，像西安夏天的高温一样来得不讲道理，等你发现，他已经在钟楼的夜风里唱着歌了。

无论歌手唱得好不好，声线是否动人，在不在调子上，总有人站在歌手跟前，大家都是草根，无非是一棵草给另一棵草唱着歌，无非是一棵草听另一棵草在唱歌。

这里没有导师，也没有一听歌就控制不住泪腺的听众特写，不用担心谁不给你点灯，夜晚的钟楼像一盏巨大的灯，为每一个唱歌的歌手亮着。有时候运气好了，直播间里还有大哥会给刷几瓶啤酒。

人们因为寻找到度过黑夜的新的良方而雀跃，他们身披月光从城市各处赶来，聚集在钟楼两侧，然后在一场场"野生"演唱会中流转。

许多人都在讲，你在西安待久了，才会懂，音乐不会只囿于音乐厅以及浸满酒精与汗味的Livehouse，音乐是流动的，要到民间去，以前它在大唐不夜城，在嘈杂的烤肉摊上，后来在南门城墙洞里，现在它在钟楼的下沉广场。

所以，诗人们写道，"钟楼是凶手，它杀死了黑夜的孤独"。如果音乐以后流动到别处，比方说韦曲，那就把诗的前半句改成"韦曲是凶手"。

你看一些视频，然后就会发现，很多人去钟楼，如果歌手们唱《蓝莲花》，听歌的人也情不自禁地会跟着一起合唱《蓝莲花》。

我问一个西安朋友，这首老歌听起来有什么意思？

他说，这首歌到今年已经整整风靡了二十年，我也是到现在，境界上来了，才真正听明白，很厚重。我又问，2002年是什么时间？他在夜里点燃一根"磨砂猴"，然后说，那一年第一场雪来得比以往更晚一些，我20岁出头，没有信用卡没有她，没有二十四小时热水的家。但在西安过得很快乐，我喝过无数的酒，在东大街的 KTV 里唱《爱拼才会赢》以及《那些花儿》。那时候，我觉得快乐会一直这么持续下去，就像钟楼会一直都是这座城市的商业中心一样。

但这跟《蓝莲花》有什么关系？我继续追问道。

他吐了一个烟圈，然后说，你先等我讲完。其实你也知道，除了钟楼，没有什么是一成不变的。没有人再去逛东大街了，而我也不会在 KTV 唱《那些花儿》了，即便去了，我也只是闷头喝假酒。

当我每次路过钟楼，看着它，就像赫里内勒多·马尔克斯在我心里喊道，马孔多在下雨。是的，钟楼没有下沉广场，其实是钟楼在下沉。然后，我便开始服用《蓝莲花》。穿行在这个城市的时候听，在陪客户喝酒喝到迷迷糊糊的饭局后听，在下班后的地下车库里听，在自驾甘南的路上听，在确定与不确定的生活里听。

说着，他打开手机，在短视频平台搜索"钟楼唱歌蓝莲花"的关键词，然后盯着手机里的钟楼，跟着唱了一遍《蓝莲花》。

唱完，他指着视频讲，你看，钟楼依旧是钟楼。它是古代人的钟楼，也是现代人的钟楼，同时也是年轻人的钟楼，它总会穿过岁月，成为我们单调生活的出口。

依托于移动互联网，钟楼"野生"演唱会成了旅游清单里的打卡点之一。人们先是在网上看到视频，然后跑去打卡。打完卡之后，又把自己拍的视频放到网上。很多人反映，自己不明白为什么钟楼会有这么多唱歌的，钟楼自己也不明白为什么来了这么多唱歌的。但总之，很多人包括外地朋友讲，有些景点可以不看，但自己一定要来钟楼看一次"野生"演唱会。

也有人讲，最懂刘若英的人，应该是环钟楼"野生"演唱会上的歌手们。

因为很多人在西安逛完钟楼，回去后别的没记住，就记住了一句：后来，我总算学会了，如何去爱。

《后来》这首歌，几乎成了钟楼"野生"演唱会上的标配。

你在现场听，主唱前一首歌还是陈奕迅的"得不到的永远在骚动，被偏爱的都有恃无恐，玫瑰的红容易受伤的梦……"接着就喝一口水，凑到手机跟前喊，谢谢谢谢。下一首有朋友点了《后来》，这首歌我建议大家一起跟着唱。然后

西安次要生活观察

直接切副歌，举起一只手开始左右摇晃，后来，我终于学会了，如何去爱……

网上发布的短视频基本要素也已经确定，无人机缓缓从钟楼滑下，镜头从主唱的正脸切换到身后，面对观众。台阶上的观众举着打开手电筒的手机，开始左右摇摆着胳膊，然后大家一起唱，后来，我总算学会了，如何去爱……

也有人讲，想起了自己死去的爱情，结果无非就是带着笑或是很沉默。

《后来》这首歌有点邪性，它不像《蓝莲花》，有一种千帆过尽，往事越千年的沧桑感觉，而是像一个人在终于明白了往事不可追之后喃喃自语地反复追问。

我认识一个Livehouse老板，发际线有点像《龙珠》里的贝吉塔，扎个马尾，四年前喝酒的时候，畅谈西安演出市场，还在考虑做大做强，走向辉煌。去年发朋友圈说，后来，你都如何回忆我？

我问他是不是离婚了。他说不是，这几年没像样的演出，没挣到钱，所以准备把场地租出去当仓库。

聊到最后，他说以后不干这一行了，心太累。

一个年轻的西安朋友讲，听到这首歌，有点难受，像是生活在质问自己，你都如何回忆我？

我不知道为什么生活一下子似乎变得普通起来，早上胡辣汤，中午油泼面，每天准点上班，对着电脑疯狂输出，然后准点关电脑下班回家，躺床上玩手机刷视频。我生活在这个城市，有时候却感知不到它。

博尔赫斯讲，一朵玫瑰马不停蹄地成为另一朵玫瑰，你是云，是海，是忘却，你也是你失去的每一个自己。

所以，我经常会在晚上去钟楼，听一听他们唱歌。看看这城市里的那么多人，要是赶上了，就跟着大家一起合唱《后来》。大家坐在台阶上，背后是发着光的钟楼，唱的是以前的老歌，有一种回到往日正常生活中的错觉。

也有说，《后来》是歌手唱给自己的歌。

钟楼的歌声在更晚的时候，就会止歇。围坐在台阶上的听众已经三三两两，歌手们收拾设备，然后在月光中离去。

没有人知道，什么时候，"野生"演唱会在钟楼又彻底消失，歌手们又会去哪里继续唱歌。人们只觉得他们一直都会在，会是我们单调的日常。就像彩虹、晚霞与黄昏,我们都以为是寻常事,但其实一生也没几次。

有朋友说,自己这两年学会了一个生活道理,当你身边的事物都在剧烈变化的时候,更要拥抱那些不变的事,以及想到什么就立即去做。

去钟楼看"野生"演唱会也是,愿你我都能坐在钟楼夜风中听歌,拥有这漫长单调的日常。

西安次要生活观察

当一座计划经济时期的商场成为西安新的网红打卡地

有那么一段时间,咸宁百货商场里打卡人含量超标,他们说着同样的语言,分享着同样的故事,举起手中的相机或者手机,完成一次打卡,然后心满意足地离开。

在社交媒体上,他们盛赞商场的古早味的装修以及一切商品,称这里是西安新晋的网红打卡地。

西安次要生活观察

  咸宁百货商场再一次变得热闹起来，是在 2020 年到 2021 年的年初。

  这个时候，旧科幻小说里写到的 21 世纪第二个十年以后人类就会实现的宇宙星际旅行依旧没有实现，距离电影《终结者》中施瓦辛格扮演的 T-800 通过时光机器回到 1984 年追杀莎拉·康纳还有八年。

  但很多人宣称在咸宁百货商场里回到了过去，尽管它是在 20 世纪 50 年代建立，那会儿全国还处于计划经济时期。

  从城市任何一个地方开始坐公交车，坐到城东的纬什街公交站下车，然后就会看到街道两边排列着合抱粗的高大梧桐树。百货商场就在树后面，门头不算起眼，一不留神甚至会晃过去。

  商场里不再年轻的工作人员会在早晨八点，穿着同样的服装，准时上班。他们一眼就能分辨出来商场买东西的人和在商场里什么都不买的陌生人。

  这些陌生面孔并非附近的常住居民，而是从西安各处慕名来到咸宁百货商场打卡的短视频从业者、摄影师，以及更多拥有社交媒体账号的人。

  有那么一段时间，咸宁百货商场里打卡人含量超标，他们说着同样的语言，分享着同样的故事，举起手中的相机或者手机，完成一次打卡，然后心满意足地离开。

  在社交媒体上，他们盛赞商场的古早味的装修以及一切商品，称这里是西安新晋的网红打卡地。

  各种文案中，咸宁百货商场不再是一个不起眼的商场，就像是一架外壳以及装修都很老旧的时光机，人们进去便开始穿越，有人在这里回到了 20 世纪 80 年代，有人回到了 70 年代，有人走得更远，回到了六十年前。

  商场内部空间并不大，但布局紧凑合理。

  进门两边各有一溜充满年代感的玻璃柜台，左边柜台依次是烟酒、珠宝首饰到修理手表，右边柜台是洗衣皂、个人妆护、鞋油以及祛痣美容。

  超市与鞋城在商场中段两侧不怎么明亮的灯光中遥相对望，空出来的中间位置也未被浪费，从左至右摆放零食糕点、文具，就连柱子周围也被利用起来，放着挂历以及最新的《读者》《知音》杂志或者小说，任人翻看。

  再往后走，就是钟表、电扇、鞋帽、打折服装、布匹、针织的区域。

  如果非要形容，那么整个商场里——都纯粹的是些普通的人间物事，毫无噱头地出售，他们售卖的是人间日常。

不过，商场里的商品与别处不同，用现在的眼光来看，大部分都是些过时玩意儿。

商场里依旧被打扫得很干净，给你的感觉就像是看到了一个精心装扮的人，但穿的衣服款式却是三十年前的。

用不着花精力去努力寻找，你就会发现商场里依旧在卖你小时候用过如今绝不会再用的棒棒油、蛇油膏、老牌子擦脸油……在如今这个知乎人均985、年薪百万的时代里，这些商品的价格依旧那么感人。

除此之外，这里还售卖DVD碟片、杂志、西安地图、老国货、果丹皮、纽扣、老式钟表以及各类散装糖果点心。有人来过，说见到过大白兔奶糖、喔喔奶糖以及自己小时候就知道的一个很火的皮鞋品牌。

这就是咸宁百货商场，它的大部分物品，给年轻人的感觉就是——你认识这些，但现在已用不着了。

我在商场逛了一圈，看着商场里的这些商品，感觉没什么是我需要买的。我在卖布的那里多待了一会儿，看着角落里的缝纫机，但说实话，我不知道扯块布回去要干什么，虽然阿姨扯布的手法看上去那么的鲜明，那么的干脆利落，像漆黑中的萤火虫。

不过逛到最后，我还是买了一枚顶针和一条软尺。顶针是我上周最想要的物件，当时要是有一枚顶针的话，我也用不着拿一把钳子夹着针，像个拙劣的外科医生一样，在家花一个多小时缝我的背包，最后发现走线特别丑陋。

但买完之后，我又觉得没必要买这玩意儿，我也不是陈奕迅，一个背包可以背六年半，我完全可以在网上买一个新的。软尺貌似有点用，因为上次我见到一个朋友喝大之后用这玩意儿量过自己的头围。

可以这么说，跟如今西安新兴的购物商场相比，咸宁百货商场算是土到根儿了。

最早一批逛过咸宁百货商场的西安小孩，现在都已经抱上了孙子。但咸宁百货商场就像占据了一个独特的空间，远离时光的侵扰，看上去就像没进入市场经济时代一样。

咸宁百货商场没有空调，装修更带着古早的气味，一些工作人员算账用的

西安次要生活观察

还是算盘——我对算盘最后的印象,还是小学珠算课后拿着这玩意儿当滑板被老师打了一顿,因为我把算盘踩散架了。

总之,咸宁百货商场从内到外散发着一股与当下时代毫不相干的气息,要不是超市门口的收银机以及柜台上放置的电子支付码,你甚至感觉在此买东西得掏出两张粮票。

值得说明的是,来此打卡拍照的人对咸宁百货商场的情有独钟,绝不是他们对旧商品的怀恋,比如双手在冬季离不开蛇油膏的浸润,或者随时随地必须得来一颗喔喔奶糖。

真正构成咸宁百货商场对他们意义的,是那些逛百货商场时候的过去。

现在看着土味老旧的百货商场,也曾经是西安城里时代的领跑者。

1954年被看作西安进入百货商场时代的元年,这一年的下半年,西安先后有了华侨商店与解放百货大楼。

之后西安修建钟楼百货大楼和莲湖路百花村服务大楼以及北大街商场,以及更多大大小小的百货商场。

西安迎来百货商场时代,人们去百货商场浏览五光十色的商品,为了生活的丰饶而惊叹。各种各样的百货商场记录了西安人的生活,它们如此地深入普通人的生活。小到衣帽鞋袜,大到电视机自行车……构筑一个人生活的所有东西,都在百货商场。

当老李还是小李的时候,全国上下还是计划经济,一切凭票供应。学校老师在课上讲,将来所有东西都会按需分配,需要什么给什么。小李回家当晚就失眠了,开始急切盼望将来能在第二天天亮就到来,到时候百货商场里那些吃的、喝的、玩的、用的,自己就可以随便拿。

在如今这个人口超过一千万的城市里,一代人有一代人的商场记忆。

那些百货商场的记忆如此深刻,以至于多年以后,在2019年央视春节联欢晚会上看到60多岁的葛优穿着风衣出现的那一刻,张先生又回想起20世纪80年代某个下着瓢泼大雨的中午:他怀揣着攒了三个月的工资,脚蹬大雨鞋,像摩西分开红海那样,举伞劈开风雨,沿路搜寻,终于在解放路民生百货买到一件最时髦的长城牌风衣。

即便如今长城牌风衣已经彻底消失,但他依旧记得自己穿着这身衣服快把邻居都羡慕哭的那一幕,他摸着衣服,嘴里反复念叨着洋气的太!

也有曾经的穷学生,如今的中年人想起了当年在小寨百汇市场,曾经跨过人山人海,买到了一条牛仔裤,比繁华的东大街卖得便宜,也比那里的牛仔裤更时髦。

不过时代从不为任何事物停留,有时候快到来不及告别。

如海浪冲刷岸边,很快超市来了,大卖场来了,更大的商业综合体拔地而起。人们追逐潮流永不停歇,有多少新兴商场出现在这座城市,就有多少老旧商场在沉默中逐渐告别这座城市。

西安还是那个西安,但整个城市的商圈一路挪移,大部分曾经热闹、曾经人潮汹涌的地段,如今早已物是人非。跟新兴的商业综合体比起来,老旧商场的实际竞争力几乎可以忽略不计,变得越来越不响亮。年轻人不会再去,商场里徘徊的都是老年人。

在西安,当人们开始大量谈论一座老旧百货商场时,大概率是因为从报纸上看到了商场要拆除的新闻。他们聊起曾经的华侨商店、民生百货、解放商场、东大街、康复路,聊起当年商品的物价,像翻阅压在箱底的家书那样,在叹息中陷入往事的回忆中。

博伊姆在《怀旧的未来》一书中写道,怀旧记忆总会被套上一层暖色的主观滤镜,它会过滤掉曾经的古旧与粗糙,只留下被放大的美好。

就像都过去二十多年了,依旧还有人会时不时引用冯小刚《甲方乙方》里的那句台词,1997年过去了,我很怀念它。

你也说不上这句话到底哪里好,但这句话会把你带回从前,让往事浮上心头。就像你看到百货商场柜台上的棒棒油,你知道现在用不着,但手上曾经生过冻疮的位置就会隐隐发痒。

从这点来讲,20世纪50年代中后期建立的咸宁百货商场是幸运的,和那些已经消失的商场相比,它如今依旧还在这座城市运转。既古老又年轻,它曾是时代的领跑者,如今又变成这座城市2021年的怀旧符号。它与互联网时代脱节,又被人从城市一角打捞起来,放在互联网上,成了这座城市人们对所有百货商场抒发怀旧记忆的集散地。

T-800还没回到1984年,但越来越多的人已经乘坐800路公交车到过纬什街了。他们年龄不等，有的甚至是第一次来咸宁百货商场。但关于逛百货商场的记忆，总会以另一种方式重来，像倒流的水，像重燃的死灰。

就像多年以后，一个西安人掀开咸宁百货商场的门帘，看到货柜上摆放整齐的货物时，准会想起被父亲带着走进百货商场时那个遥远的下午。

西安次要生活观察

真·西安人过夏天图鉴

每年夏天一定要进山，是西安人迈不过去的坎。

《2018年西安人鉴定手册》早就写得明明白白：朋友圈里有无秦岭某个峪口的照片，是检验一个人是不是真正西安人的标准之一。

夏天过去了。

一个西安人提及这句话时，内心情绪复杂，绝对不能用字面意思理解。三分对消逝时光的缅怀，三分高温下劫后余生的庆幸，以及四分对于还好是在西安的得意。

不信，你随便找个西安人的手机，打开朋友圈，翻看有关夏天的记忆，至少有一条朋友圈发的是进山，配着窝在某个峪口的照片。九张图，三张是曝光过度的山景，高山、林木以及河流；四张是农家乐的菜，土鸡、鳟鱼、野菜、烧烤；一张是山里看到的土狗或者散养土鸡，剩下一张是自拍，加滤镜。

每年夏天一定要进山，是西安人迈不过去的坎。

《2018年西安人鉴定手册》早就写得明明白白：朋友圈里有无秦岭某个峪口的照片，是检验一个人是不是真正西安人的标准之一。

所以我问下诸位，这个夏天有没有去勇敢尝试，去改变自我，去成为一个真正的西安人？没有的抓紧时间。

早上九点起床，简单洗漱，穿上速干短袖，大短裤，揣上手机，去楼下吃早饭，不一定非得是胡辣汤，有可能是羊杂汤／豆腐脑／豆浆／油条／油茶，间或跟老板闲聊两句，吃完再要一瓶冰峰，透一透，边喝边偷听他人谈话。

九点半准时吃完，伸个懒腰，给老板付钱，上楼，冲澡。擦洗干净，开始在微信群里跟伙计闲唠，不打字，语音方便，透着一股子亲切劲儿。聊着聊着，伙计在群里开始起哄："走走走！进山！这天气能把人热死！"

发语音响应："走么！走么！"开始着手安排，哪个峪口式色，有啥吃的，咋玩，几个人去，谁来开车，开几辆车，瞬间安排得明明白白。

定好时间，立刻下楼，等伙计开车来接。上车后，先在微信群里语音通知"已经出发，X哥、Y哥在楼下等着，俺马上就去接你"。

车一路往南开，聊完国际形势、城市发展，开始转换话题，跟伙计探讨车里放的音乐不行，没有穿透感，推荐刀郎，感情迸发，现场哼唱，挥舞双手，打着节拍"十五的月亮升上了天空哟，为什么旁边没有云彩"。回忆从前，发自肺腑地大笑，并分享早晨在早点摊上偷听来的八卦。然后，短暂地交流一下对于国际形势的研判以及城市发展的看法。

赶在中午饭点儿前，终于抵达某个峪口。下车晃腿甩膀子，松一下筋骨，大声跟伙计寒暄美很！还是山里凉快！掏出手机，先拍一张大山，然后跟伙计合影，无修，发朋友圈预热，不点名是在秦岭里，只发一句"因思马上昌黎伯，回首云横泪湿膺"。

找农家乐，围着桌子坐成一圈，喊老板拿菜单过来，一边问老板有啥忒色的，一边翻看菜单认真遴选，开头不带"土"或"农家"字样的一律不看。

右手握着中性笔，开始在单子上写，两个凉菜，土鸡的一生（含土鸡蛋炒线辣子、铁锅烧土鸡、柴禾鸡等），农家饭（搅团、浆水鱼鱼等），野菜（主要看老板在山里抠到了什么菜），大丰收，忒色菜（鳟鱼、野兔、腊肉等），写完了叮嘱老板，来一件儿冰啤酒，先嘿（喝）起来。

气氛热烈，给每道菜拍照，留着发朋友圈用。跟伙计喝酒闲聊谈话，声音巨大，品鉴每道菜，发自肺腑地赞美，关键词有忒、生态、绿色纯天然、养生、城里根本吃不到这样的等。抽空看一下上一条朋友圈留言，逐一回复。

酒足饭饱，就近开始支摊子，掏出扑克牌，三人一组，挖坑，一种陕西纸牌游戏，二打一，3最大，单张、对子、连子都能打。

开动脑筋，努力回想电视里播过的高手怎么挖坑，连唬带诈，记住对手打的每一张牌，预判庄家手里还剩什么牌，等待关键时刻，一把管住，两人合作反败为胜。实在打不过的，立刻认怂，嘴里嘟嘟囔囔，感慨庄家手硬，洗牌，重打一局。

鏖战至下午四点，伸个懒腰，仰望高山，就近沿着山间河岸走一走，浑身燥热，找个带树荫的河边，脱了鞋，把脚放进冰凉的河水里，如烧红的铁块入水一样，嘴里自带音效，"嘶——"地倒吸一口凉气，水真凉哈。对着凉水里的脚，拍十秒短视频，然后发到各种微信群里，带解说。接受一波身在市区酷暑天气里正在接受烤验的人的羡慕，逐一回复，内容大体是跟几个伙计没事出来消消暑，面色沉稳，但心里美滋滋。

撑不过六分钟，因为水太凉，像被冻住了一样，从脚心开始僵疼直到小腿肚，立刻出水。坐在岸边，陷入沉思，到底是不比年轻时候了，火力壮，感觉能燃烧一切，给根棍子就能大闹天宫。还没感慨完，脚部恢复知觉，被太阳晒得浑身暖洋洋，自信又回到身边，太阳真伟大，没太阳不行，万物生长都得靠太阳。

不远处沿着河岸走着的伙计，忽然开始对着山"嗷"地喊了一嗓子。阳光

西安次要生活观察

穿透茂密的树叶,打在秃到反光的脑门上,像极了少年时候,某次进山的情景,激昂,壮怀激烈。大家都无所事事,却依旧相信能干出一件大事儿,就是嗓子有点中气不足。那情景,想要放声高歌,忽然又有点情绪低沉,你说,这群人,什么大事儿都没干过呢,怎么就一下子老了。

但情绪转瞬即逝,就像一粒落入河中的沙子,激不起浪花,迅速沉底。想明白了,一代接一代的西安人,在夏天,进入秦岭,寻找峪口。几十个夏天过去,人可就变老了么。人生在世,该吃吃,该喔喔。陕西话实在。

五点多开始打道回府,赶在晚高峰之前进城。在车上的时候,就从手机里选好9张图,共享到伙计群里,开始发朋友圈,绞尽脑汁开始想文字,从诗词选摘到"啊!秦岭是大自然给西安人最好的馈赠",都觉得不满意,反复地删删减减,最后,发了"今天跟伙计进山小聚,景美人美,开心!"配上9张图,点击发布。

六点到小区门口,跟伙计道别,约好晚上的烤肉局。

折进小区,围观老汉下象棋,双手交叉,环抱在胸前,站旁边充当军师,从开头跳马,一路指挥到连环马,马后炮,再到卧槽马。可惜老汉不听,语气激烈,哎呀,这一步走得太臭,不能吃炮,有车看着呢,撒!对子儿,你得四瓜咧,划不来划不来。哎呀嗨,咋还悔棋呢,落子无悔!

看两盘棋,下得太臭,气到用光一年的吵架词汇量。上楼,给手机充电,翻看朋友圈留言,挨个回复,哈哈哈哈,跟几个伙计去的,就在××峪口那。行,回头约个时间咱再去,哈哈哈。屋里待四十分钟,决定运动一下,开始换运动装,速干短袖,速干短裤,运动鞋,全身装备不超过300元。就近找公园,不拉伸,和太阳肩并肩,连走带跑一小时,汗流浃背,浑身湿透。把速干短袖从底部慢慢卷起直到胸部,露出肚皮。看看微信运动排名,很满意。驻足观看一会儿广场舞,眼神锐利,一眼就能看出,谁不单纯是为了跳舞而来。

进家门,拧开浴室水龙头,简单冲洗。换身衣服,奔赴烤肉局。沿途拍摄西安街景。今夜星光灿烂,辽阔而深远,烤筋、烤肉,啤酒,早已经备好,伙计远远就给你打招呼。坐下来,先喝两杯啤酒,透一透,开始吃肉,吩咐老板再来俩烤饼,一个干饼,就着肉或者夹着吃,一个油馍,烤焦一点,多放孜然。

场子气氛热烈,吵吵嚷嚷。

跟伙计组成一个线下知识共享平台，咣咣咣喝酒，相互交流单位里的八卦，各类都市传说，西安房价，以及比拼城市历史知识。也谈论生死，那个谁谁，你认得不？啊，认得么，咋不认得，跟咱年龄一样大，头些年，还经常跟咱一块儿耍呢。唉，前段时间去体检，查出来是胃癌，晚期。啧啧，太惨了。一桌子人忽然沉默，开始分享各自知道的人间惨事。忽然举杯，声音高八度：一人一个命。来！迈（往）死嘡！气氛重新热烈。

暗中观察，年轻真好！旁边的几个年轻娃，太猛了，喝酒就像喝凉水，咕咚咕咚往下灌，眼神里散发着青春逼人的光芒。食欲惊人，桌上的签子撂了一堆。偷听一下，谈论的是最近买了什么手机，对某个人生导师的看法，某档综艺节目，以及在感情上的苦恼。转头跟伙计聊几十年前的旧事，谁还没年轻过。说到已经讲了上百遍的糗事，发自肺腑地笑出声。哈哈哈哈哈，年轻，就那么回事儿。还是咱西安好。来来来，嘡一哈。

喝完两件啤酒，头皮开始变得有点麻酥酥的。

在北方城市炎热的夏夜，没有一丝的风，汗水从毛孔中渗出，顺流而下，忽地一下撩起衣服下摆，以为是要给谁哺乳，其实不是，单纯是因为热。分开双腿，瘫在椅子上，耳边的嘈杂像被隔离开来，陷入一种莫可名状的孤独之中，面部表情深情且肃穆，思绪飘向头顶的星空，往银河系奔去，十万个孤独的星球，每一个烤肉局上的食客其实都是孤独的。没人记得你在烤肉局上说了点什么，一群孤独的人凑一桌，开始自说自话，看着在跟人交谈，其实都是自问自答，观照自身，烤肉是串珠，每年夏天都得盘，就这么简单。

终于有点凉风了，一阵一阵，想听一首刀郎的歌，大烟酒嗓，曲调沉郁，让人想起大漠孤烟和夕阳来，安稳，绵长且沉静，极易入眠。

午夜时分，在烤肉摊上，被伙计摇醒。城市正在睡去，年轻人早都散去。夏日时光又减少了一天。恢复精神，打个哈哈，哎呀，不行了，不行了，年龄大了容易打瞌睡。走，回！

在烤肉摊前各自告别，站街边拦一辆出租，坐在车上，一言不发，掏出手机，醉眼蒙眬中，在朋友圈写下：中年人的生活里，没有容易两个字。

西安次要生活观察

在西安吃了一碗"民工面",感觉这辈子都不会饿

"民工面"不管是长的短的、圆的扁的、绿的白的、汤的干的,它的一切特征都是为了让你快速地填饱肚子。一碗面里只有调料、大量的面、油泼辣子以及少量底菜。味道说不上艳丽,一口下去,全都是普通的味道。

西安次要生活观察

面馆在西安随处可见，它们的共同之处在于都是卖面的。

一些面是短视频里你看到的那种，BGM一般是《西安人的歌》，主角其实是被Polo衫勉强兜住肚腩的大哥，发量不多，人称中年哪吒，筷子是混天绫，跟手中脸盆大的碗做搏斗。在BGM最欢快时，一筷子挑起碗中一人多高的面条，像是龙筋一般在空中抖一抖。

一些面是在社会新闻里出现的那种，往往是游客叫来的记者，然后给记者讲自己的旅游心路，以及对陕西深厚历史的向往，最后总结，自己应该是被店家宰了，即便后厨是秦始皇在擀面，也不应该卖这么贵吧。

还有一些面，你一直听人讲，这家是西安面食的天花板，一些本地朋友听你说完，他的脸上就会呈现出一种叫不屑的表情，然后劝你，他家以前人少的时候还不错，现在人多了就开始胡弄了。你不信邪，专门跑去吃一次这种面，然后赶紧给西安朋友发消息，你说对了，面不行，根本就搅不动。

但"民工面"不一样。

没有人在西安街头见过任何一家名字叫"民工面"的面馆，但或多或少总会听到人们提起"民工面"。

一个社会学专业肄业的朋友说，狭义概念上的"民工面"很好界定，即当你在西安任何一家不论叫什么名字的面馆吃饭时，看到隔壁桌正在埋头吃面的民工兄弟时，那你就可以说自己吃的就是"民工面"。

这种面不一样，它从来不屑于讨好人类，永远是一副不修边幅的粗糙模样。多数出没于民工聚集的地方，有时候，甚至会舍弃面馆这种形式，就只有一个小摊，在饭点时分，支在工地的外围。

"民工面"不像其他面，一些面是带有地域属性的，比如你提臊子面，很多人就知道，这是宝鸡的；提到软面，就知道这是户县的（户县虽已更名鄠邑区，但人们还是习惯叫"户县软面"）。每个蘸水面面馆的名字都叫作杨凌蘸水面；提到窝窝面，就知道是耀州的。

"民工面"不管是长的短的，圆的扁的，绿的白的，汤的干的，它的一切特征都是为了让你快速地填饱肚子。一碗面里只有调料、大量的面、油泼辣子以及少量底菜。味道说不上艳丽，一口下去，全都是普通的味道。

这种面，你吃完之后很难留下深刻印象，有点像从各地来西安打工的人们，

Living in Xi'an: An Alternative View

都是一张普通模糊的脸，你逛街坐车的时候见到过他们，但你叫不出他们的名字，也想不起来他们具体的模样。

但偏偏就是这样底色普通的面，却遍布西安的大街小巷，是碳水之都里无形的城墙，在"沙兰黄"三大餐饮集团之外承包西安人的胃。它无处不在，有的店名就叫家常面馆，有的直接会被人叫我家楼底下的面馆。

"民工面"是吟游诗人，它游荡在西安这块土地上，它为自己写诗。

有些时候，一些机灵的外地游客，会在抵达西安之前就做好攻略，避开所有雷点。他们拿着整理好的美食清单，暗暗发誓要吃遍西安，坚定的模样，像极了秦腔舞台上背后插满了 flag（旗帜）的将军。

然后他们走进一家面馆，一个大碗面吃下去，还没走出店门就开始产生幻觉，关中平原的黑夜从头顶席卷而过，困意被碳水顶着原地飞升，同时又有点像吞下孙悟空的铁扇公主，胃袋里忽然长出纠缠的曲线。

日后再回想起西安美食打卡之旅，内心里全是梦碎的声音。

朋友说，这就是广义概念上的"民工面"，它是劳动人民的面。当你在西安吃完一碗面，让你觉得顶，那这就是"民工面"。简单，干脆，直接，从来不玩那些虚的，它就是要撑到所有人。

所以经常有人讲，在西安讨生活的人，迟早会染上吃"民工面"的习惯。

饥饿如野火燎原的中午，从北郊到南郊，从三桥到灞桥，人们便开始坐下来吃面。他们坐在这座城市大大小小不同的面馆里，用不同的方言感慨着生活的苦与乐。

为生活打拼，难免有被生活捏扁搓圆的时候。公司忽然宣布下一秒 007 了，KPI 没完成被老板骂；工地上干了大半年，工头说没钱发了；投出去的简历忽然有了回音，你兴冲冲跑去应聘，发现是当销售，月薪 2800；去小寨想找一个兼职，发现中介就是为了骗你钱。

就像你眼前的这一大碗面，在后厨先是被冷水浇灌，然后被厨师反复揉搓，用擀面杖擀开，或者搓成条被用力在案板上撞击拉扯，最后被丢到滚水中煮熟捞出。

你谈起往事，回忆起那些狼狈日子，你把面前一大碗面吃干净，说你明白了，生活有时候会不尽如人意。人们告诉你说，这就是成熟，无论你来西安是

西安次要生活观察

怀着怎样的雄心壮志，你可能都得天天吃"民工面"。

无论你是诗人，还是公司职员，无论你是工地抡大锤的工人，还是整日被业绩困扰的销售，"民工面"包容所有人，欢迎所有人，用最便宜的价格，供养来这座城市打工的所有人。

它是每一个西安打工人的加油站。如果你为了节省开支，那就去吃"民工面"，它能让你从牙缝里省下钱；如果你为了果腹，保证温饱，那就去吃"民工面"，它能让你一餐从中午一路撑到半夜都不饿；如果你正在经历人生低谷，我建议你去吃碗"民工面"。

它和你一样，虽然出身平凡，却总能在某一刻带给我们最猛烈的感动。

用筷子将面条上面覆盖的油泼辣子搅开，直到每一根面条都被浸染成红色，再剥上一骨碌蒜，然后你就可以大快朵颐，一口面，一口蒜，油泼辣子的香气，蒜的辛辣，再配上面条的筋道，脑海里忽然像有个陕西人对着你大喊一声，伙计，撑硬！这时候，你的眼角往往会有些湿润。朋友问你，怎么了？

你说没事，这家的蒜有点辣。

在西安，你能在任何地方看见面馆，就像总在这个城市街道两旁的梧桐树一样，随处可见。

在纬二十九街的街边有卖面的，在李家村美食城的食档里有卖面的，在高新区写字楼下有卖面的，在城中村里有卖面的。你想知道西安有多少打工人，就去看看有多少家面馆，里面有多少吃面的人。

你有时候会说，这面太顶了，最近有些吃不动，换换口味，去吃米饭菜。可真当你吃了米饭菜，你又觉得胃里空落落的，于是第二天又走进常去的面馆。

你同事问你，中午吃点啥？你说还没想好。他说那先下楼，然后就走进了面馆。

这里不适合谈论心事，你中午约朋友，问他想吃什么。他想了一会儿，说，吃面。你们相对而坐，就着一份素拼，最多配个汽水。只是有一句没一句地聊着天，然后急匆匆吃完面，又急匆匆在面馆门口告别。

或许过很多年，已经身在另一座城市的朋友，会忽然在聊天中，想起在西安的打工经历，吐槽身在的城市没有一碗抚慰身心的面，然后跟你谈起那次吃面的往事。

你跟对方讲，我记得。但其实往事早都模糊了，跟那天吃到的面一样，你不记得具体是什么味道了。

"民工面"没有自己固定的做法，也没有什么特殊的烹饪方式，你想要它是什么，它就努力变成什么。你在店门口给老板说，要个大碗油泼，老板在收银台出完票，对着后厨喊一声，给来个大碗油泼，于是你就吃上了油泼面。

它是多数人的食物，也是普罗大众本身，像是城市里出没的打工人，身段柔软，公司要求如何，那就如何。即便你在回家的地铁上，一个电话打来，你照样得打开背包，掏出电脑在乘客的围观中埋头修改PPT。

每个被称作"民工面"的面馆，老板在食材上从不吝啬，同等价格的一碗面，他能多捞两筷头的面，吃不够还会加面。

我以前住天坛西路，楼下有个家常面馆，老板看上去有点像于谦，身材又无限接近郭德纲，常年守在收银台前。一到饭点儿，店里就会坐满人。没办法，他给的面实在太多了。

那时候我刚刚上班，还很年轻，随时都饥肠辘辘，下了班的晚上我回去吃一碗面，在休息日的时候去吃两次面，吃完就回住处睡觉，直到后来吃出面肚子，我就不去了。换到别的地方，继续吃"民工面"。

在同一个面馆吃面的人，像是城市里升起的雾气，最终又在城市日出前消散无踪。有人讲，西安这个城市很奇怪，在饮食上，它看起来有很多选择，只要你能想到的，只要全国流行的，它都有。但吃到最后，人们就会变得一切从简，纷纷走进了面馆。

吃完之后，走出面馆前，点上一根"硬猴"，在带着烟味的空气中，吹一吹汽车划过城市带起的风，觉得这一切还不算太糟，起码在这上千万人口的城市里，还有一碗"民工面"陪着你。

也有人讲，很多人在西安吃"民工面"，其实忽略了一点，那就是"民工面"像你我一样，已经没有故乡了。

那些从四面八方汇聚在这座城市里的各地面食，尽管会在招牌上写是哪里的特色面食，但仔细吃起来，已经不再是当地的正宗味道。它来到城市里，然后被改变，像你我一样。

所以又有人讲，在西安，只有一种面，"民工面"其实是所有面食的总称，

西安次要生活观察

它不分地域,没有老家,只看能不能填饱你的肚子。

一些来西安打工的朋友,下班后,会在自己租的房间里自己煮面吃,一些水蒸气会趁机溜出窗外,但又往往不知道去哪里,只能是飘浮在空中,有些被蒸发在西安,有些被风带走,最后落在别处。

为什么西安中年男人吃葫芦头都要喝酒?

　　一个朋友讲,如果世界上真的有那么一种食物的搭配,能够让人想起来就情难自禁,开始坠入无边幻想,能让熨帖化作细流直达干涸的内心,那在西安,它就一定是葫芦头与酒。

西安次要生活观察

很多在西安吃过葫芦头的人，都有相似的经历，离你不远的那一桌总有人在热烈交谈。

方言夹杂着普通话冲击你的耳膜，跟旁边安静吃大肠的食客形成强烈反差，你循声望去，然后看见了几个被生活的风霜吹拂过的中年男人，以及桌子上放着的一瓶酒。

一个朋友讲，如果世界上真的有那么一种食物的搭配，能够让人想起来就情难自禁，开始坠入无边幻想，能让熨帖化作细流直达干涸的内心，那在西安，它就一定是葫芦头与酒。能这样搭配着吃的都是中年男人，就像虎皮裙配孙悟空，丝巾配大妈。

行走在西安的大街小巷，你随时都能在一条街上看到一家葫芦头泡馍店，也能在每一家店见到至少三桌的中年男人。葫芦头泡馍店就像是无数西安中年男人的自然保护区。

坐在哪个方位吃葫芦头不重要，重要的是你总能注意到他们，以及他们手边的酒。九度、小太白、绿脖西凤、小劲、二锅头、金门高粱、茅台……你见过各种各样的酒，也见过无数中年人，他们葫芦头配酒，店里总是环绕着他们的笑声以及他们吐出的二手烟。

张爱玲讲，中年以后的男人，时常会觉得孤独，因为他一睁开眼睛，周围都是要依靠他的人，却没有他可以依靠的人。

年轻时构想生活丰富多姿，敢放话平淡的生活宁死不要，以为凭自己一个人就能包围生活。直到中年才弄明白，江湖不是打打杀杀，江湖的本质是人情世故，也逐渐明白，生活不是永远在路上，生活的本质其实是一日三餐的持续平静，就像今天是重复昨天，而明天是重复今天。

在公司听领导安排工作，结了婚在家里听媳妇策划生活，长辈要指导你人生方向，和同事一起说话要慎重……内心孤独的像个走失的土狗，又像站在广场舞群之外独自 solo 的大爷。

在所有疏解中年孤独的做法里，吃着葫芦头喝着酒是最常见的一种。淡了拼搏事业的激情之后，葫芦头配酒，就像是西安中年男人圈子里最大众的修身养性。

他们在不同的店里，卸下防备，然后做出同样的选择。

有的人说，当你在西安就着葫芦头喝下第一杯酒，你就应该知道，自己的中年到来了。很突然，很不讲道理。就像马尔克斯写的那样，一个人意识到自己开始变老，是源于他发现自己开始长得像父亲了。

这是属于西安独有的社会现象。

你一开始并不接受，觉得太突然了，人到中年应该有个循序渐进的过程，在镜子前叹息发量减少，在车库坐在车里听郭德纲，突然失去表达的欲望。后来才明白，吃葫芦头是一个过程，喝酒是一个过程，很多中年人都是先在店里吃葫芦头喝了两杯之后，才发现自己已经是个中年人了。

葫芦头与酒是天作之合，这个组合就像过事时盘子里码成一堆的散装香烟，年轻人对此不屑一顾，但却又偏得西安中年男人的厚爱。

小年轻们不太懂葫芦头与白酒的意义，甚至对葫芦头本身都敬而远之。他们反复讲述吃葫芦头的段子，以此来证明葫芦头是当之无愧的黑暗料理——这种看法，如同认定《禅与摩托车维修艺术》这本书是摩托车修理指南，是某种浅薄的望文生义。

但中年男人们从不为此辩驳，坎坷的过往，早已教会他们争执无用。

他们会带着酒相约走进一家葫芦头店，点上一盘凉菜，一份梆梆肉，然后开始掰馍。手法干净利落，点餐的语气斩钉截铁。

他们吝惜自己的评价，对一家葫芦头店最好的评价，是肠子吃起来没有异味。

一个西安的朋友告诉我，看中年男人是否把你当成伙计，不是看他在酒后跟你勾肩搭背称兄道弟，或是忽然提着礼物想要找你办事，而是看他是否邀请你吃葫芦头的时候喝酒。

而一个西安中年男人最失败的时候就是，翻遍通讯录之后，发现没有一个能陪自己吃葫芦头喝酒的伙计。

其实见过这种场面的人都知道，这种搭配就是中年男人的一次自我拯救。每个中年男人都是一座孤岛，一个做葫芦头的厨子说，幸好有葫芦头，穿过岁月，将一座孤岛与另一座孤岛连接起来。它是切片化的拯救，是唾手可得的小确幸。世故之中透着中年男人的精打细算，一顿饭的消费，零花钱能包住。只要中年男人拥有葫芦头与酒，那么就拥有了明天。

西安次要生活观察

就像我三叔,如果西安没有葫芦头与酒,他只能蜷缩在车库的车里,听着广播放空自己,但上楼之后又得给媳妇解释自己下班后消失的两个小时里,真的只在车库里听广播没干其他事,很不痛快。

所以又有人讲,吃葫芦头喝酒这事儿,最好是和几个固定的伙计一起,去经常去的店。因为每一个常去的葫芦头店看起来真的很可靠,很取信于人。即便媳妇打来电话,也不会过多盘问,只会叮嘱你少喝点。

店家也是个明白人,他对症下药,随便走进一家店,你都能在点餐处看到摆满酒的架子,这是专为西安中年男人准备的。同时自带酒水也行,店内买酒也行,存酒也行,总有一种方式能打动老男人的心。

葫芦头与酒,他们说这叫产业链,他们又说,这叫生态。

有一种说法是,跟西安中年男人聊天,有三样东西能拉近你与他的距离。这三样是葫芦头与酒,以及感慨往事。

推杯换盏之间,你就走进了一个普通中年人的前半生。

虽然我尚且年轻,但已经见过太多吃着葫芦头喝着酒的中年男人了。

他们在那些普通的中午以及半暗半明的黄昏中流窜至葫芦头泡馍店,然后熟练地招来服务员,在飘散着"磨砂猴"与"长乐"的云雾中开始掰馍,吃凉菜,挨个儿给人倒酒,并先提一杯。

当然也听过很多次他们的闲谈。

他年轻时可能是红尘里不羁的浪子,或者手写我心的诗人,QQ空间里曾经充斥着"我有酒,你有故事吗"之类的骚话;他干过几件引以为豪的事,从北郊到南郊,没人敢跟他叫板,也经历过几件羞过先人丧过德的往事;他是场面人,曾经放话最美的人生是在路上,从西安到宝鸡,全是他伙计,心里装着的都是诗和远方。

只是,风流总被雨打风吹去,修行不在路远,吃葫芦头喝酒也能悟道。人到中年,他不再是QQ名字叫忧郁清风的骚年,他叫张师、王师、李师。也终于意识到了自己没有金手指,只是背景板一样的普通人。他们喝着酒,在烟雾缭绕里回望过去,凝视现在,瞭望未来,最后总结,无论我们是生活的英雄还是狗熊,生活还是会继续。

吃完葫芦头,饮尽杯中酒,像是完成了一场仪式。他们在店门口相互别离,

西安次要生活观察

道一声珍重，并定好下次再一起吃葫芦头喝酒。之后，他们又将踏入平凡的生活，但此刻他们已经浑身充满力量，仿佛世间再没有什么能难住他们。

如果你看不懂，也没关系。等你人到中年，你自然会爱上葫芦头与酒这个搭配。

那时候，你就会明白一切。

怎样在西安演好一个美食播主？

短视频时代，对于一个想在本我能迅速出道而小有名气的短视频从业者，我的建议是去成为一个美食播主。这个建议的依据是，每个人都长着嘴，反正每天都要吃饭。别人可以，你也可以。祝大家都能出道做美食播主。

网上有人问，什么工作最适合文盲？据说得票最高的两个是产品经理跟摄影师。以西安为例（范围也可扩大），我心里排名第一的其实是美食播主。

短视频时代，对于一个想在本地能迅速出道而小有名气的短视频从业者，我的建议是去成为一个美食播主。这个建议的依据是，每个人都长着嘴，反正每天都要吃饭。别人可以，你也可以。祝大家都能出道做美食播主。

鉴于这种情况，提供以下重要指南，为的就是大家能顺利出道，无论是在哪个短视频平台，都能胜任"西安美食播主"。这样也可以缓解西安一些开设新媒体专业的高校老师"我到底在讲啥"和学生"我学这个到底有啥用"的焦虑，以及解决部分就业问题（或者让你看起来像是有工作）。

一、不用在意自己的长相（但长得好看点有加分），这个行业除了不挑学历外，也不挑长相、身材、性别以及年龄，甚至是穿衣打扮。总之，请放心入行。

二、熟练掌握以下几个词语（包括但不限于）：走，咱们今天就去尝一下；良心；美；美得很；好得很；哇；不错；真不错。

三、这里要注意一下，掌握的评价食物的词语不宜太多，那样你有可能会成为一个真正的美食家，这与成为"西安美食播主"的目标是背道而驰的。

四、最好全程使用西安话录制，如果不能，请确保以上词语发音尽量使用西安话。

五、好了，做完准备，你现在就是一个"西安美食播主"了。先去找个面馆开始第一次创作。

六、要找人跟拍一下你走向这家面馆的背影、面馆门头以及店内就餐环境，以方便证明你确实是亲自去吃的面。

七、学会称赞面食。先夸所到面馆是一家老店（取中间值，就按十五年以上为标准），暗示自己是懂西安生活的，可以加一句，咱西安人就是爱咥个面。如果是三分钟前新开的店，就换个方式表述，用惊喜表情，念出以下这句话：伙计们（西安口音）！发现一家新开的面馆，人还不多。今中午，就给大家尝一尝。

八、面端上来后，要称赞老板很良心，面量很足。因此需要把油泼面端到离镜头足够近，然后开始搅，最好油点子溅到镜头上。

九、吃面时，要一直发出赞叹，食物评价词语参照第二条。吸溜面条的声音要大，要吃出护食的感觉来，以证明面的味道确实特别好。吃面过程中，即使面对镜头，也不要擦嘴。

十、假如这是一家新店，面量不大，味道也一般，就想办法从别的方面夸赞，比方说，面是手工面，吃着筋道（记得拍一些老板在后厨擀面的场景素材）。

十一、其他夸赞点陈列如下：面馆吃面的环境好；饭点儿人特别多；吃面的碗特别大（比脸大）；油泼辣子特别红；蒜特别新鲜。

十二、吃完面，把没喝完的冰峰一饮而尽，记得要打一个时长五秒的长嗝，以便显示这顿饭吃得美。

十三、如果你去的面馆，以上夸赞点一个都没有，而且你也没吃完，就把视频拍成踩雷视频。

十四、面食视频的更新频率要高，方便网友吐槽你为什么全都是去吃面，然后你出于网友吐槽，顺势决定去打卡西安别的食物。但如果有人评论你推荐的面馆不咋地，你需要再给大家推荐一家面馆。

十五、去吃胡辣汤时，要展示出自己丰富的胡辣汤店储备，但同时你去的店一定是自己吃了很多年的店。店里有地方坐也不要坐，得把胡辣汤端出来，放在店外的折叠小桌子或者凳子上。

十六、如果你是新西安人，胡辣汤储备量不足，请反向操作。具体视频拍摄思路大致如下：听说、网友推荐或者从网上看到这家店的评价不错，今天有时间，我给大家来尝一尝。

十七、去吃油茶时，一定要发出感慨，现在要吃一碗正宗的油茶太难了，我知道有这一家，味道不错，能吃出小时候的感觉。

十八、随便去一家牛羊肉泡馍馆，然后说这是自己认为最正宗的泡馍，以方便网友在评论区相互争论哪一家才是最正宗的泡馍。

十九、吃牛羊肉泡馍时，绝对不要跟普通游客一样，要机器切好的馍。一定得自己掰馍，嘴里要念叨掰馍口诀，面饼得是"九死一生"，掰馍是一分二、二分四、四化千千万。然后展示怎样吃泡馍才算正宗，蚕食最正宗。

二十、打卡凉皮店，一定要着重突出店家的辣子特别香，要强调配着冰峰跟肉夹馍。

二十一、展示肉夹馍，记得捏一下夹好的肉夹馍，好让油流到手上。

二十二、对于一些小吃，要有特殊的吃法。比如以前可有名，但你好些年没吃了的馆子，如今逛街偶遇，那就一定要重温一下旧梦。不要在意里面的逻辑漏洞：以前可好吃，为什么好些年没吃了。

二十三、分享一些西安隐蔽角落里的特色美食，某个小巷子，某个菜市场。总之，别人一定不知道，只有你知道的。

二十四、绝对不能因为有别的"西安美食播主"拍过了，你就不拍重复的了。他拍你也拍，实在不行，广告费报价可以要的低一点。

二十五、吃炒菜，去的店至少得是二十年老店起步才配被拍视频，强调一下自己从小就吃。等菜上来，边吃边点评，还是原来的味道，原来的配方（要是年份不够，但对方给的钱多，就另说）。

二十六、所有打卡的食物，一定突出量大！量大！量大！量不大，就是没良心。突出花小钱能吃撑。

二十七、给外地朋友展示展示，什么叫100块钱在西安就能吃得非常好。地点最好选在回民街、东新街或者其他小吃街。

二十八、给外地朋友展示展示什么叫一分钟吃遍西安。

二十九、要在二半夜起来一次，方便去拍西安一些很早就卖完的食物。

三十、如果找不到，可以等网友给你推荐，但一定要拍。

三十一、不要睡得太早，美食播主有一项主要拍摄内容版块是深夜食物。

三十二、吃火锅，吃串串，评价词语就用两个字"过瘾"，辣得过瘾，菜量过瘾，突出强调一下扶墙出。

三十三、定期出一些假期攻略。比如元旦、五一、端午节、国庆节吃喝攻略。

三十四、拿捏好见过世面跟没见过世面的尺度。面对本地传统饮食，表情要淡定，以带你去吃的态度为主。外地饮食，以没见过世面的表情为主，比如逛街，偶然发现，觉得好奇，尝一尝。

三十五、以上，只是表演方式不同，要是演技不好，拿捏不住这个度，那建议全程以活了二三十年，终于发现这么一家店的态度去拍视频。

三十六、绿豆糕以及其他糕点，不要专门去拍，要路过的时候顺手买。吃的时候回忆一下童年时候，被你爷带着吃绿豆糕的往事。

三十七、不论你吃的什么食物，拍视频时，都要显得胃口好，给网友显示食物很可口，味道很棒，谁不吃谁后悔。

三十八、如果没收店家的钱，就客观评价吃到的食物。

三十九、活学活用"没有灵魂"这个概念，馍不是自己掰的，没有灵魂；烤肉不是炭烤的，没有灵魂；面不是手擀面，没有灵魂；胡辣汤不吃丸子，没有灵魂；面皮不放辣子，没有灵魂；吃面不就蒜，没有灵魂……总之，你是逡巡于西安这片土地上饮食界的专家。

四十、一些百年老店、BBS时代流传的西安名店也都能算在网红店范畴里面，是一定要去的，但重点是突出吃饭的感觉。比如是去吃饺子，就要突出坐在店里吃着饺子，看着钟楼的惬意感觉。

四十一、跟着外地朋友，一起鄙视一些名不副实的泡馍馆，顺势再推荐自己常去的泡馍馆。

四十二、同样，外地朋友也跟你讲过西安的面做得不好。你要专门出一期视频，跟着一起批评某些网红面馆，现在卖面不讲良心，糊弄人，把西安的面名声给弄哈（坏）了。

四十三、批评网红面馆时，可以指名道姓是某个面馆，后期切记对面馆名字做消音处理，但不能全消音，留店名开头那个字，以方便底下网友跟着一起批评。

四十四、去打卡的网红店，一定要有店外排队的镜头展示。

四十五、在网红店，展示完点好的食物之后，用惊喜的语气告诉网友，这么多一共才99元（仅举例）！每个食物都要给特写。

四十六、如果所到的网红店实在没什么可以夸赞的，就透露一下薅羊毛的秘诀：新开的店虽然没有名气，但因为是新开的，所以为了名气，前期会有很多优惠活动，而且会特别注重食材的质量。

四十七、吃私房菜，突出神秘感。介绍店铺不能走寻常路，要强调一下，网上找不到，都是朋友伙计之间口耳相传。但因为这个太好吃了，自己做了一个艰难的决定，把这家店拍成视频发到网上，让更多人看到。

四十八、遵循"虽远必吃"定律。如果你住北郊，为了这顿饭可以专门跑到南郊。如果你住市区，可以为了视频里的饭，专门跑到鄠邑区、周至或者蓝田，甚至可以走出西安，就为了去咸阳当地吃一口正宗的味道。

西安次要生活观察

四十九、别一窝蜂地去同一家店打卡,老板广告费预算抗不住。如果是新媒体专业学生,拍视频就是为了完成作业不为挣钱,可忽略这一条。

五十、每次点好餐之后,记得向着镜头展示自己消费的付款凭证。

草地野餐，
都市丽人的精神推拿

西安当代生活，没有野餐不行。光想想脑子里就嗡嗡直响。媳妇讲，浪潮，时代步伐不可阻挡，今年该着野餐流行。

一个感觉不知道对不对，西安农家乐不吃香了。

最新生活流行方式，节假日或周末一早，朋友们失联了，朋友圈不更新，微信群里一声不吭。直到下午四五点，朋友圈终于更新。

竟然是去（包括但不限于）山里/公园/河堤路的草地上野餐了。帐篷、凳子、防潮野餐垫、咖啡、茶、红酒，一格子床单的冷餐，包括各样水果、牛角面包、小洋柿子、寿司、拍黄瓜、卤鸡脚、鸭脖，中外汇聚，中西吃结合。蓝牙小音箱，很洋气，令人嫉妒。

有的没忍住，十二点就发朋友圈，半小时后开始无人问津。不懂得延迟满足，可见生活中也干不了什么大事儿。

西安，城市生活，一周五天。斗门享乐主义大师虎二爷说，你们城里人啊，就是活得太辛苦了。直戳灵魂。操心房价，操心空气，操心上学摇号，倒公交，倒地铁。车来上车，到站下车，全程盯着手机，人和人的交流已经稀疏了。主要是没什么可说的。

瓦胡同小区知道吧，外面有个小公园。树上挂着许多鸟笼，树下站着许多大爷。早上路过，鸟叫声不绝，走近一看，全是鸟笼底下的大爷在叫，八哥、画眉、鹦鹉们一声不吭。

中午吃饭不得劲儿，一堆人分散开，拆外卖盒子，全程无交流。有事儿全在微信群里讲。打电话喊伙计，晚上吃饭，伙计不想来，好额滴哥呀，不了不了，娃在家快把大人逼疯了，对么，就木乱的him（很么）。回头吃回头吃，挂了啊。

下班倒地铁，倒公交，到家，定定地坐在沙发上，看着太阳被楼宇淹没，光线一点点黯淡。陷入沉思，主要是人文方面，日子这么过不行。眼看春天要完了，《西安人要在春天做的1000件事情》，微信收藏夹收藏了三年，其实一件都没做过。

拿着笔在纸上写写画画，做减法，挨个儿排除。挖野菜，过季了；赏花，花都落完了；爬山逛景区，太累了。排除半小时，删了收藏夹的文章。

楼上两口子又开始打架，准时准点。男的负责砸东西，感觉把家里东西都给砸了，地板咣咣响个不停，女的嗷嗷地喊叫，骂人，你打呀，打死我算了。小孩负责哭，嗷嗷地哭。全小区都听得见。烦躁，觉得这两口子没完没了，是不是疯了。十一点二十分，家庭战争结束。早晨下楼，路过楼下垃圾桶，发现桶里扔着一个砸到变形的铁皮锅，价格30元左右。

倒公交，倒地铁，盯着手机，忽然灵光乍现，大腿一拍，要想活得好，生活带点绿。

西安当代生活，没有野餐不行，光想想脑子里就嗡嗡直响。媳妇讲，浪潮，时代步伐不可阻挡，今年该着野餐流行。

开始构想野餐环节，报复性消费全在野餐上了，迫不及待购买一切野餐用品。

格子布重要，提劲，没这不行，一堆东西不能放地上。得有盘子，一堆塑料盒子摆一起，想想就不美气。买个竹编或者藤条的筐子，媳妇要求的，没这个就没野餐的气氛，缺少仪式感。

野餐体现经济实力雄厚，起码有个小卧车。没有小卧车（伙计有也行），打死不野餐。背个保温箱，走在风中，看着像赶时间给人送外卖，倒势。

云考察一圈场地，市区内的公园不能去，草都拟人化了，您抬一抬贵脚，小草对你微微笑。打开抖音快手，搜索西安野餐，点赞量超过1.5万的，挨个儿给作者发私信，问在哪儿野的。等到回复之后，把这些地方划掉，人太多，到处是帐篷。主要是草地不行，都被踩秃噜皮了，刮点风就是吃土。

开始考虑城市周边能野餐的地方。

一到周末，西安就了不得，像开锅一样往外涌，北边住的奔河堤路沿线；南边的能进山就进山；东边的奔灞河沿线；西边，没去过，不知道奔哪里，一个猜测，可能是在宜家样板间。

就只说去山里。早上九点出发，下午一点半到。中间全在堵车，环山路全是车，但不重要。最好的季节，最好的景色，空气干燥，风的速度很慢。路边的树看着都比城市里的树舒服，市区不行，全是梧桐树，看着枯燥。

路边老法师集体创作，三十多个人，年龄平均50，鸭舌帽，防晒袖，长枪短炮，相机均价2万元。就一个模特，大红色汉服，妆化得浓，靠着树，眼神空洞，摆pose。远处一人高喊，注意！A档，光圈优先，光圈调到11，IOS100，对，就是感光度调成一北（百），拍！

总体来讲，一个感受，就是比大妈轻松一些。因为模特拍照不上树，不甩花花绿绿的丝巾。

找到一块草地，野生的，长势凶猛，没人管，小草不会对您微微笑。铺好垫子，扎好帐篷，坐下，盘着腿，从大地吸取能量。这个天气，坐地上坐一天，尻子一点都不感觉到凉。把娃放出去，给个小铲子、小塑料桶，自己能玩一天。媳妇在边上，从篮子里挨个儿搬运物资。

能听见驴友喊山，嗷——啊——嗷——啊——声音响亮，十分钟后才看到人。一队人马，背着包，鸭舌帽，防风衣，登山鞋，登山杖，从山间小路走过。走到景色好的地儿，暂停，手机随拍，十分钟后，又开始喊山，嗷——啊——嗷——啊——

牵着羊的老乡路过，看半天，人跟羊都无话可说。老乡倒无所谓，大不了换个地方放羊。就羊不开心，一早起来，走半天路，到儿一看，吃草的地儿被占了。但没人关心羊的想法，看到羊都很激动，围着羊，咩咩咩地叫了半天，羊一句话都没搭理。

玩大半天手机，开始观察周边。自我总结，这个季节，你们懂的。不是说有多么的好，实际上觉得好，是因为短暂，在西安短暂。西安没有春天，棉裤一脱，就是夏天。

西安的夏天太可怕了，能把人热化了。这个季节，仔细总结一下，在花落到枝叶繁茂的中间，草茎柔软，错过了，草就要结它的籽儿，草秆就长老了，坐着不舒服，扎尻子。

接着总结，大自然就是慷慨，前段时间撅着尻子抠野菜。现在换直立起来，爬树钩洋槐花。人到这个季节，分外馋。主要是吃草，荠菜、马齿苋、香椿、榆钱叶、白蒿、蒲公英……对不认识的野草持有幻想，总觉得能包个包子，拌个饺子馅，烙个菜盒盒，蒸点麦饭。具体讲，就是云南人吃菌菇，陕西人吃野菜。并不当场吃，不能跟羊一样。挖好了，带回家全家吃。

越想越通透，觉得活明白了。一边吃东西，一边想，虎二爷的话是真理，有些人活得就是太累了。不愧是当代享乐主义大师，主攻田园生活。

时间是流逝的，天上的云是流逝的，季节是流逝的，人也是，一切都是流逝的。初中老师讲，青春如梦，时不我待。所以，该野餐的时候，就别等，约上几个伙计一起进山。

Living in Xi'an: An Alternative View

想起以前的快乐——进山烤肉。买好牛肉，头一天晚上腌制好，穿到签子上。准备好烤肉炉子，备好木炭。第二天出门，进山，找地方开始烤肉。大自然，人，烤肉，和谐而壮美，被烟熏得流眼泪，肉生熟不知，喜滋滋地开吃。

吃只是野餐的一部分，野餐是要拍照的。就像吃胡辣汤不要丸子就是没吃，野餐不拍照，就是没去。你不发朋友圈，朋友怎么知道你去野餐了？

了解当代人的生活，主要就看朋友圈。社交进化，不需要当面聊天，看朋友圈就知道都是什么人，当代人设展览馆，爱晒娃的，对生活满意的，热爱文艺的，关心时政的，爱旅游的。

野餐垫上腾一块儿地方，躺下，最好是边角，半个身子就好，不要全躺上去，也不要沿着野餐垫周边跪着拍。一定要有道具，至于什么道具，网上查查攻略，产业链完善，都给你安排得明明白白。

研究一下拍照构图，怎么使用滤镜，不能胡乱一拍。野餐的特质就是洋气。把能装逼的工具都带上，不要问为什么，问就是为了凸显品位，英式野餐、法式野餐、美式野餐，其实是在长安区，河堤路。

见啥拍啥，不要犹豫。9张图很难凑，人、食物、景色，要齐活儿，毕竟床单就那么一张。连拍200张，然后在里面仔细挑选，只有床单没有露草地的，删掉；露出黄土的不能要，分不清野餐是吃了自带食物还是吃土了；带着羊粪蛋的图片删掉，看着不对劲。这个不怪羊，怪你。

仔细挑选，花费一个小时，发9张图，备9张图，一共18张。然后开始修图，按着教程，ins风，滤镜要厚，看着洋气。下午五点，渴望回归城市，看着一地狼藉，头疼，慢慢收拾，爱护环境。

五点半往回走，坐车上发朋友圈，文案以感慨为主。晚上八点，还堵在三环外，又累又饿。看看朋友圈评论，提振一下精神，挨个儿回复，就在那个……"哈哈哈哈哈，可好玩了，下次一起啊"……边回复，边挠腿，草地里蚂蚁蚊虫太多了，没注意给咬了。

有人心动，问野餐要注意啥，想半天，回一句，野餐最好找离公厕近的地方。撂下手机，等到家了再一一回复，先车上安心睡一觉。到家了，又累又饿，不想收拾家里，看手机，有新的留言，但不想一一回复，直接统一回复，内容包含在哪野餐、野餐材料的商品链接、野餐的时候要注意啥。

西安次要生活观察

　　再次总结，野餐一次，太累了。从心理到体能上，都累，还不如吃农家乐，比野餐还省钱，玩一天手机游戏都没这么累。认真考虑以后还要不要去野餐。
　　但看看朋友圈的留言，觉得值了，拥抱了森（生）活，开心，朋友们。

春天，十万个西安人去露营

有人曾讲，一个西安人，走在阳光下，被春风拂过，看着蓝天，忽然就会想去露营。这个想法来得很突然，很不讲道理。

就像是在一个普通的日子里，你路过兴善寺西街，忽然打对面冲过来个革命的，拉着你就说："我看你额有朝天骨，眼里有灵光，仙人托世，神仙下凡。"

一天早晨，我的一个朋友悄悄来看我。

他在屋里来回踱步，对饭桌上放着的胡辣汤外卖熟视无睹。"西安正在发生不可思议的事情，"他对我说，"就在那边，在河岸的草坡上，在每一片草坪上，各种款式的帐篷应有尽有，而我们却还在像驴子一样生活。"

接着，他又走到阳台，目视南山，点了根烟，深咂几口，问我："我说这话的意思你懂吗？"

我说："我明白。你说的这个最后一句我有印象，这是何塞·阿尔卡蒂奥·布恩迪亚走向孤独的起点，在全书的第7页第19行，南方一个出版社出的。"

他熄灭了烟头，说道："我意思是还吃啥胡辣汤呢，抓紧时间下楼，去晚了，帐篷该没地儿扎了。"

见过了王莽桃花树上结满的大妈、青龙寺樱花树下梳着背头扛着大炮的老法师、沣峪口河滩上比石头还多的人，一位资深户外人依然会在看到西安人热烈的露营场景后不由自主地挠头。

那些密集地扎在草地上的帐篷，从空中看去，像是一场大雨浇灌后，草地上忽然发出了许多蘑菇，又像是吉卜赛人集体搬迁，然后忽然空降在西安某处。

有人曾讲，一个西安人，走在阳光下，被春风拂过，看着蓝天，忽然就会想去露营，这个想法来得很突然，很不讲道理。

就像是在一个普通的日子里，你路过兴善寺西街，忽然打对面冲过来个算命的，拉着你就说："我看你额有朝天骨，眼里有灵光，仙人托世，神仙下凡。"

你当然无法接受自己是个神仙这么荒诞的事情，这本该是个渐进的过程，就像玄幻小说里写的那样，你首先得引气入体，然后筑基、修成金丹、练成元婴，最后飞升。露营也是如此。

前一天，你路过一大片草坪，还在感叹，春光易逝。第二天，草地上就密集地扎满了五颜六色的帐篷。

事实上，很多西安人是先发现家里多了一些露营装备，才知道自己买了这么一堆玩意儿。

西安迪卡侬的员工们知道，有些一开始进店只是把这里当免费游乐场的顾客，在走出店门前，会鬼使神差地提上一堆露营装备走向收银台，像是变了一个人。

Living in Xi'an: An Alternative View

"生活本身是没有答案的,佛家讲,一弹指有三十二亿百千念。露营的想法可能是在某次烤肉结束之时,也可能是在一次泡馍之后",朋友扒拉着手机,向我展示他早就圈定好的露营地,长安区某一块绿草如茵的地方,接着说,"总之,这就是大自然的伟力,让人有点背不住,忍不住想下跪。春天,不止十个海子全都复活,还有十万西安人全都想去露营。"

末了,他又补充道,十万是虚指,主要用来形容露营的人特别多。

露营,几乎成了西安春天的一个必备项目。朋友讲,没有露营的周末,跟居家隔离没什么区别。

现在,西安人的朋友圈里,分享自己去山里农家乐,去远处看油菜花,去赏桃花赏樱花,除了你爸妈(如果你没屏蔽他们的话)跟你发小之外,几乎没人理会你。但要是发一组露营的照片或者视频,即使借你钱之后从此人间蒸发的死鬼同学都忍不住给你点赞。发到其他社交平台,就连陌生人都对你友善起来,客气地问你,姐妹/伙计这是在哪儿?

我认识一个开面馆的师傅,宝鸡人,算是我半个老乡。人很年轻,在技校学的钳工。毕业来西安找不着合适工作,就转行开了家臊子面面馆。前年吃饭的时候,还在跟我诉苦,现在生意太难做了,挣钱慢不说,每天忙完,浑身疼得就像被谁打了一顿。今年开春关了面馆,跟着他二叔在山里搞露营地。

每天就是假装生活类博主,注册了三十多个账号,在各种社交平台上发布加了滤镜的照片,文案标题包括但不限于发现露营地,西安一小时就能抵达的……/寻找春天,发现一个绝对小众的露营野餐地儿/西安周边,宝藏营地/这恐怕是西安最棒的露营烧烤地/西安神仙级的露营地/天!这一定是西安最小众最好看的露营地……

如果有人留言问在哪儿,就给回复具体地址,然后给另一条留言回复一定要去,一把子好看。等周末顾客到了,他二叔负责招待,按人头收费,如果客人要求做点吃的,他二叔就给推荐卡式炉火锅,或者烤肉,食材价格能高出市场价很多。

潮流变化太快,在西安郊游这个领域,露营已经逐步取代了铺一块格子布的野餐。

相比于只铺一块格子布的野餐,露营其实更像是一次全方位的升级。

西安次要生活观察

Living in Xi'an: An Alternative View

我微信有个好友，是个不爱走路的人。他多次跟我讲，他面临的主要矛盾就是有一颗想出去的心，但同时拥有一副只想躺在炕上的身体。前几天又跟我说，困扰他二十多年的疑难问题终于解决了。我问是哪位杏林高手给你治好的。他说自己周末去露营了。

实际上，这种治疗在去露营之前就已经开始了。当他看到营地的帐篷，就已经确定这是最适合他的一个项目，既能做到走出家门，又可以躺在炕上——他能在帐篷里躺一整天。

同时，他又给我分享了因为露营得出的一条生活经验，如果去的露营地没有公共厕所，那就一定要选人特别少的地方。

露营在西安的春天里随处可见，从蓝田的某个村子到长安的山中，从浐灞水边到河堤路的某一段，还有一些公园的草地上，你都能见到露营的西安人。

他们从周三开始谋划周末去哪里，在互联网上开始搜寻，根据留言量、点赞量来预判哪里景美人少，然后在周六抵达西安不同的露营地，交谈着不同的事情，被同样的阳光照射着，吹着同样温柔的春风，最后又在不同的时间选择各奔东西。

露营这件事，有点邪门。不管你之前周末是喜欢在路上还是喜欢在炕上，只要扎好了帐篷，然后在帐篷外支起桌子，放好板凳，摆上一些吃的，看着眼前的风景，看山，看流水，树影在阳光中摇曳，忽然就会有一种快感，像是终于还清了贷款。

西安的春天很容易让人想要去露营。冬日的山水太过枯寂冷峻，寒风吹在脸上像后妈的大耳刮子；夏天则太晒，就连山中也全都是驱赶不走的暑气；秋季又往往多雨水。只有春天尚算是迷人的，几乎每天都有变化，看着蓝天白云，走在街上，心底总会生出不想上班，只想出去玩的念头。

有人说，他曾经在一个春天，去蓝田露营，他们从一个村子旁边的小道花了一个小时走到坡顶，然后开始在草地上扎帐篷，支好桌椅，拿出早就备好的食材，开始烤肉。那一天的天气很温柔，天空干净得像是洗过一般，除了风声、鸟鸣之外，一切都很安静。不远处是老乡放养的牛，有那么一段时间，他吃着烤肉看着牛，牛吃着草看着他，大家都很沉默，但感觉很不错。

后来他分享自己那次的露营照片时，还没忘记给牛套了个小森林风格的滤镜。

西安次要生活观察

无论如何，你要承认，春天去露营，是一个很有效的治疗手段。

不管周内经历过多大的事儿，跟老婆吵架冷战，给孩子辅导作业到心态失衡，基金赔了，上班迟到被罚钱，工作压力大KPI考核没过……周末只要带上帐篷，约好朋友，带上家人，去草地里，躺在春风中，似乎一下子就痊愈了，比自驾去青藏高原散心还好使。

话说回来，我跟朋友的那次露营计划最终还是失败了，因为他圈定的地方人多到无处下脚。也有可能是我吃胡辣汤耽误了时间，反正等我们到的时候，河边、树林里、草地上到处是人，到处是帐篷，感觉像是走进了王曲庙会或者焦岱大集。

但朋友显得丝毫不在意，他说，不用懊恼，每个西安人终将找到自己的露营地，可以顺利地搭起帐篷，在春风里伸个懒腰。

那些搭在西安的草坪上、扎在林中、扎在河边的五颜六色帐篷，当然不可能是蘑菇，但同样致幻，让人觉得美好的生活会一直这么持续下去。

十万个西安人在出片

西安当代生活,我是有点看不懂了。上上个周六,沿关中环线骑摩托,十分震惊,一河滩挎一河滩的人。

停车一看,也没见干啥,挤在一起,过一种休闲生活。

西安次要生活观察

西安当代生活，我是有点看不懂了。上上个周六，沿关中环线骑摩托，十分震惊，一河滩接一河滩的人。

停车一看，也没见干啥，挤在一起，过一种休闲生活。

比方说库峪河大桥附近，三五个中年大哥，头上发量不等，站在桥上，面朝南山，统一拱手，像是在当场结拜，走近一看，结果是拿着手机在拍照。对着几棵叶子稀稀拉拉的白杨树不断按快门，拍完原地不动，开始交流心得，讨论从什么角度能出片。

路边还有烧烤，支个小炉子，边吃边烤，很有烟火气。

回家躺床上打开手机一看，感觉强烈，并且越来越强。感觉西安目前最主要的生活就是出片，势不可挡，像是在完成公司划定的KPI。周一你在上班，有人说鸡窝子今天堵车了；周二你在上班，有人说在西安发现个人少景美的水库。周三你在上班，有人讲发现个特别能出片的地方；周四你在上班，有人说光头山徒步太美了。感觉全西安总有一半人天天不用上班，早上一睁眼就考虑去哪出片。周五上班，开始挨个收藏西安哪里能出片，并决定周六一大早就出发。

不好问朋友感受，自我总结，以前还是年轻，不懂事，嫌这个俗，那个不小众，人太多。到了今天这个地步，回头去看，多走了十年弯路。

布罗茨基讲，事物越是有限，它越是具有活力、激情、快乐、恐惧和同情，就是这么个道理。尤其西安，秋季短暂，易逝，所以要做到应出尽出，出不了片，我建议你躺床上睡两天算了。

跟朋友小胡吃饭，喝点酒，他两手一摊，讲，觉得生活太单调了。曾梦想仗剑走天涯，看一看世间的繁华，现在发现上班下班，这儿也不想去，那儿也不想去，原地打转，两点一线。觉得小朋友也不可爱了，小区广场上几个碎娃，常年玩轮滑，玩枪战，你追我赶，嘴里经常蹦出一句电视剧台词，声音洪亮，中气十足，抑扬顿挫。总之生活太过单调了。

生活单调有什么问题吗？我不理解，普通人生活不就这个样子吗？每天早上，从"沉默是金"手里买个5块钱的鸡蛋灌饼，中午和"北方的狼"交易了22.4元的冒菜，晚上在"爱江山更爱美人"那里吃一碗红油米线，有时候大半夜还会给"常来长安"支付15.8元出租车费。刘欢老师早年唱过，闭上眼睛就睡，张开嘴巴就喝，迷迷瞪瞪上山，稀里糊涂过河。生活就是这样，我发

Living in Xi'an: An Alternative View

现小胡你这个人喝点酒怎么这么多牢骚,看来是思想滑坡了。

小胡一拍大腿,立即反驳道,你别骗我,我搞音乐培训的,刘欢老师的歌我听过,大不了重头再来,再也不要这么过,再也不要这么活。体会一下,今天是昨天的重复,明天是将要抵达的今天,那还有什么意思?必须改变。我来过,我发现,我出片。手机导航,开车半个多小时,电子合成女声指路,直奔长安某地不知名野生景点,特点是人少,能出片。路上小胡拍胸脯保证,消息来源可靠,在网上看到的,帖子发出来三四天,一个点赞收藏评论都没有。

到地方一看,很震惊,遭遇了网络诈骗。土路,荒草,密林,一个大水池子,里面有淤泥,树长在水里,水面上漂着没人要的落叶。不远处,坐着两三个沉默入迷的钓鱼佬。几辆家用小轿车正在努力停靠在树丛中,过会儿车上下来好几个人,提着一堆东西,开始埋头组装,帐篷,小桌,露营椅,组装完伸个懒腰,看着我们,眼神碰撞,笑容友善,心照不宣,大家都是看的同一个帖子。我说,小胡,咋回四(事)么?也不是张翰,来鱼塘组撒(做啥)?

小胡嘿嘿嘿一笑,说,来,深呼吸,仔细体会,碧云天,黄叶地,秋色连波。这,就是生活,大自然的气息,感受到了吗?凉风吹过杨树林,拂过水面,直击面门,我说,嗯,水里气味有点大。小胡说这就对了,立马掏出手机摄影,对着眼前的空间,连续创作四十五张照片,心满意足。立即宣布,今天来对了,我预言未来几周这里会是西安热门出片之地。

话音未落,当场应验,过来一位陌生大哥,手指夹着烟,冲锋衣包裹着面肚子。带着媳妇路过,仰头一看,短暂沉默,给媳妇讲,你看这付(树)叶叶,嗯,夺(多)黄。再环视四周,嗯,景不错,氛围感拉满了,一会儿转回来了在这拍几张。媳妇也很满意,说,能成。

开始理解小胡们了,其实就是出不去,折腾不起来。往年这时候,朋友圈好几位朋友,要么已经把脚趾头到三亚的海水里了;要么就是胡杨林的统一文案,活一千年不死,死了一千年不倒,倒了一千年不朽。配9张图(含自拍单人照一张,合影一张)。今年秋季朋友圈内容不行了,能去个留坝,简直了不得了,众多亲友都羡慕极了。大家都是在周边踅摸,从河堤路到临潼山任村,从蓝田荞麦花海大小水库到鸡窝子分水岭。

路过一个村庄,老乡见人就打招呼,从啊哒(哪里)来滴?回答,从西安么。老乡大手一挥，允许出片。皆大欢喜，双方都长舒一口气。整个过程充满仪式感，感受到当代生活势不可挡的浪潮，必须过当代生活了！

今年30来岁，也理解了，树叶可以黄，但是生活不能黄了。眼前的，那也是生活，远方去不了，就融入附近。在附近努力寻找诗意，努力出片，应出尽出。出片是为了记录美好生活，要是生活不美好，就加一套滤镜，假装依然美好。小胡发言，如果你觉得生活不美好，那就加入生活，去改变它，让生活出片。世界以痛吻你，你报之以出片。

我有这双脚，我有这双腿，我有这千山和万水（主要指河堤路与秦岭沿线）。环山路上某段，树叶黄了，必须去。不去不是人，去了一看全是人。附近的老乡一开始有点闹不懂，这树叶子有啥看的，不年年都黄吗？后来也不提了，来的人多了也不错，主要是能给麦子地多攒点肥料，这是小胡总结的。

路边找地，拉开桌椅，就地休息，瘫坐椅子上闭眼倾听，秋风飒飒，落叶飘零，由远及近，"呜——"的一声，想象是鲸鱼浮出海面，喷洒水柱。实际上是来了一辆大卡车，带起的扬尘，糊一头一脸。没关系，生活气息浓厚，钱也没攒下，在哪吃土不是吃土。反正是不想搁家待着。这里还有付（树）叶叶，看，夺（多）黄。感觉效果挺好，对在饭馆吃饭开始无感了，觉得烟火气没有坐在山里野餐那么浓。毕竟堂食也不出片。

一打开手机，感觉有十万个西安人出片了，人均秋季出片综合征。

刷到一个视频，是在秦岭山里，野山，一条河流，翻着浪花，没有桥，有棵树，横跨两岸，几个人骑在倒伏的树干上，排队蚰蜒前行。服气，为了出片，付出太多。当代西安生活算是被刘欢老师看透了，生活就像爬大山，生活就像蹚大河，一步一个深深的脚窝，一个脚窝一支歌。

第二个视频，也是在山里，像是在太兴山，几个人看不清身影，浓雾中穿行，抓着铁链向上攀爬，坚忍不拔，像是要在大雾的掩护下攻打生活的山头。反复观看好几遍，有那么一下子被感动到了，忍不住对着手机喊了一声加油。过一会儿再看，视频更新，出片了。

第三个博主说，秋季限定水中森林，落叶与河流，可以玩桨板，不建议对气味敏感的人来，因为是死水，淤泥加腐烂的叶子，水的味道比较刺鼻。底下立马有人诚心发问，请问这里能游泳潜水吗？感觉博主也有点蒙，你不怕被臭

Living in Xi'an: An Alternative View

晕了吗？对方也不死心，表示拍出来好看就行。安迪·沃霍尔都能给吓尿了，还是你们会搞艺术，这辈子打死他都想不到，一个带味道的鱼塘也能有十五分钟成名时间。

不容易啊，生活把人都变成啥样了，曾经对周边景色爱搭不理的，憋久了，直接脱胎换骨了。年年岁岁，一样的景色一样的秋季，今年山都被吓一跳，没见过这么多人，接受不了，感觉自己没秘密了。

小秦讲，七年，我从网上看来的，人类全身细胞全部替换掉，需要经过七年，也就是讲，在生理上，我们每过七年就拥有一个新的身体。我觉得这个说法多少有些道理。生活就这样，集体更新，过一种自定范围的岁月静好，有就不错了，除了要发挥点想象力。改变不了生活，但你可以当个发现者，会裁图，会修图，会出片。

一个人，大概是西安某工作室摄影师，前段时间讲，有点后悔，把自己以前发现的一个能出片的秘密地点给人讲了，今年秋天带着客户去出片，发现那里人比树还多，算是完了。有人反驳，互联网精神没吃透吗，共享。

上周，跟随互联网指引，我去了个水库，在长安，体会当代西安生活，风吹得有点大，像一阵更大的风。总之，必须出片了，朋友，在西安随便找个地方，让风继续吹，别把生活看得太严肃了，容易秃顶。

西安次要生活观察

十万个抓捕春天的
西安人

"不要忽略身边平常的场景，因为这里面往往藏着浪漫。虽然有时候是经过截切之后的浪漫"。他拿着烟的手，去在桌上，烟雾随着春风蜿蜒飘浮。"我曾在一棵樱花树下，见到很多猎人。左边是穿着汉服的年轻女生，右边是披着纱巾疯狂跑动的大妈。你知道这意味着什么吗？"

"她们都捕获了一个春天。"我说。

西安次要生活观察

这是个傍晚时分,我在钟楼见到朋友。

或许因为是这个春天的第一次见面,现在的他,人看着比以前瘦,五官竟然显得有些清癯,眼神很明亮,像是有一团火缓缓又无声地在燃烧着。他也看到了我,招手示意,等一哈,马上好。过了一会儿,他收起手机,一脸轻松地讲,走吧,咥个烤肉!

路上我问他,刚看你愁眉不展,是有事儿?

他说,嗯,有个抓捕任务,或许是明天黎明,或许是后天。

我听完一惊,要抓谁?

他说,春天。可能是担心我没听懂,接着又说,就是一年四季的春季。

我怀疑这个朋友疯了,但也没有太多证据。

他干过很多工作,当过一段时间盲流,卖过保险,干过产品经理,去培训机构当过老师。后来去做自媒体。那阵子他很高产,如同一条甩籽的鲫鱼,写了很多文章,来西安要做的一百件事、绝密版西安挖野菜地图、西安人春季游玩指导意见……

据他自己讲,作为一个本地人,那几年他在对西安的挖掘上,连本地考古队都得敬他三分。

你是不是觉得我疯了?他边走边问我。

我说,刚我还不确定,你这么一问,看来多少是有点。

我知道你在想什么,我没有疯。他点燃一根"磨砂猴",吸了一口,夹在手中,然后示意我走快点,吃烤肉的地方还得走十几分钟。

"西安现在成大城市了",他绕过小巷里每一个人,像一条游动在水中的鲫鱼那样,灵活躲过每一辆正行驶着的电动车,然后讲,"这种大不只是物理意义上的大,是更为广义的。你可能也发现了,现在,无论你要去西安哪儿,或者到了哪儿,那里似乎永远都有很多人。"

他说,这个春天我去了很多地方,就想在西安找一个能在春风里伸一伸懒腰的地方。

我说,这个事儿你确实比较擅长。

"但是我失手了",他接过我的话,"春天,不会再有十万个海子复活了,有的只是十万个抓捕春天的西安人。

这是我的总结观察，今年春天西安的生活流行方式，不是野餐露营，是抓捕春天。只要春天在哪里露头，就必将会陷入到人民群众的汪洋大海中。

他搓着手兴奋地讲，事实就是如此，今年的春天无处躲藏，随时都有可能被西安人抓拍，然后被发到网上。于是下一刻这里就会被包围，春天也应声落网。

你不得不承认，今年西安的春天与去年确实不同。在以前，每个年龄段，每个人，似乎都能在春天里找到自己的快乐。

也就是说，你在春天里，可能遇见很多朋友，也可能遇见仇人。就像在同一片油菜地，你身边的人可以是个刚拿了省级"教学能手"荣誉的语文老师，可以是手腕处用蓝色墨水文着"娟"的中年浪子，可以是包里带着十多条不同颜色纱巾的大妈，还可以是十多年前跟你在同一家网吧里打游戏的陌生人。

但一切都回不去了，时代的变化令人措手不及。你现在在西安，只能看到猎人。从一个地方奔向另一个地方，他们不知疲倦，永不停歇，然后把自己抓捕的所有春天全部放到网上。

春天确实变了，但那些地方人群依然稠密，却又整齐划一，用饱满的热情套上同一套滤镜。浑身挂着摄影器材的老年摄影师与大妈赏花团隐没在春天的洪流中。

你呢？你也会吸一口气，成为猎人，然后去抓捕春天。

像你这个症状，到目前持续多久了？我问朋友。

"我的第一个抓捕目标是一片野生桃花林，在蓝田，一座山里。那是我在去年秋天发现的，当我看到那些树，我就知道今年春天这里一定会很美，便一直记在心里。"

他说从立春以后，他就开始做准备了，终于在一个周六的清晨，他从西安出发，一路上他都很激动，幻想等他把这些发了之后，一定会有很多人问他这地方是在哪里。

"然而，有时候你越想得到什么，就越得不到什么"，他抽了一口烟，说，"实际上，当天我啥都没拍到，因为三凤山的人太多了。我既没有挤到最前面不顾一切地拍桃花，又害怕挤到最前面，然后被后面不顾一切走上来的人从山上挤下去。"

我们到了吃烤肉的地方，朋友点了一把筋、一把腰子、两个干饼、两瓶汽水。喝了一口汽水之后，他问我说，你怎么看这个春天？

我说，关于生活方式，我不是这方面的专家，没有太深的研究。但既然你问我了，我还是想聊一下我的观点，在我仔细回想了你刚说的以及经过几分钟认真思考后，我其实也不知道要怎么回答，正如我刚说的，我不是这方面的专家。所以还是你展开讲讲你的抓捕经历。

朋友表示，当自己在看过很多次南五台的帖子跟视频之后，就决定实施第二次抓捕。

"但还是失败了"，他说，"2022年4月9号，农历三月初九，早晨九点三十二分，我想我会永远记住这个时间。因为这是我到达南五台开始排队的时间。我只记得那天人很多。我盯着前面游客的后脑勺，在我后面的人看着我的后脑勺。两个小时后，我转身离开了。那时，我依旧在山脚下排队。"

"以前看见山，就想知道山上有什么，我现在已经不想知道了。"

朋友在烤肉店一边吞噬着腰子，一边对我坦白。接连两次抓捕失败之后，他决定另辟蹊径，想要去中江兆村的麦地疗伤。

那是他第六十五次决定去抓捕春天。他打算用杰克·凯鲁亚克来过渡，每当太阳升起，我坐在中江兆村的麦地边，遥望长安区远处的山以及辽阔的天空，我感到似乎有一种力量从心底升起……

但实际上，在这个春天，在中江兆村通向麦地的唯一一条路上，挤满了汽车与人，大批西安人不可思议地走向那条乡间的水泥路，麦地里是不停地骚动喧闹，人们站在麦地中，在老乡提着铁锨"唉！跑到麦地里是死呀！朝出走！"的痛斥中，宣称抓到了春天。

他还告诉我说，记不清是哪一次，他路过一个公园，远远看到几个人，有男有女，正在围着一棵玉兰树转圈。一开始他以为那几个人是在锻炼，走近了才发现不是，他们几人包围了玉兰树，然后举起手机围着树转圈，是为了寻找一个不错的拍摄角度。那个瞬间，玉兰树向着天空伸长的枝丫，像是"举手投降"一般。

"其实不仅仅是玉兰花"，他深吸一口烟，吐出的烟像一阵大雾，车开进去就会迷路。只听到他的声音，"不单单是那一棵玉兰，换成油菜地，也是如此。无非是看一群西安人包围一棵玉兰,或者是一群西安人包围一亩油菜地。春天在这个时候能怎么办?"

烟雾散尽,他吃着最后一串腰子,依旧复盘着这个春天。他总结自己失败的抓捕,认为首要原因是去过的地方人太多。

"海德格尔说,答案要在对存在的理解中去寻找。"他这样总结道。

那些成功抓捕春天的西安人,几乎都有一样的特质,比如说他们比一般人起得更早,这让他们在一场接一场的抓捕中,处于不败之地。

其次,据他分析,在西安如果想抓捕一个春天,还得有一个狂野的想象力。当你路过司空见惯、平平无奇的某处,你就得问自己一个问题,是否可以通过自己的悟性与感性,在这里用一种角度,抓获到春天。

"不要忽略身边平常的场景,因为这里面往往藏着浪漫,虽然有时候是经过裁切之后的浪漫",他拿着烟的手,支在桌子上,烟雾随着春风蜿蜒飘浮,"我曾在一棵樱花树下,见到很多猎人。左边是穿着汉服的年轻女生,右边是披着纱巾摆拍跑动的大妈,你知道这意味着什么吗?"

"她们都捕获了一个春天。"我说。

"这不是全部答案,在春天面前,二十岁跟六十岁没有区别。汉服只不过是另一种意义上的纱巾,而纱巾也是汉服的另一种模样罢了。

这棵树下看着是两个群体,但其实是同一个群体,大妈是曾经的少女,而少女最终也会成为大妈。

如贺拉斯所言,光辉的塔楼与低矮的茅屋,都迈着同样的步履匆匆。时间是穿过南三环桥下的长风,只是我们在春风中变换了模样。"

理解了这个,你就明白为什么西安今年有那么多人在抓捕春天了。你当然可以六十岁以后再去抓捕,但你二十岁时去抓捕,等于是少走了四十年弯路。

哪怕你去过的地方人山人海,哪怕你去了之后大失所望,但当你在疲惫生活的缝隙里打开手机相册,看到那些被瞬间定格的花,有春风吹过的视频素材,你就会变得轻松起来。

说完这句话,他表示最近自己过着一种契诃夫式的生活,示意我去结账。

结完账,穿过拥挤的人群,我们在洒金桥地铁站分别,在地铁到来之时,我问他:"你还要继续抓捕春天吗?"

西安次要生活观察

"当然了,我要天天都出去",他头也不回地走进地铁车厢,"如果生活注定是要辛苦,每天起来都忙忙碌碌,那你最好的办法就是立即出门抓捕一个春天,存在手机里。"

看西安人挖野菜，
比自己挖还上瘾

没人知道，到底有多少西安人挖过野菜。唯一可以确定的是，只要这片复杂的土地上还在生长着野菜，春游踏青赏花这种玄学行为在西安人心中就永远只能是第二位。

在西安没挖过野菜，算是个遗憾。

"我作春风飞过人间／发现郊野的土地上／长满了西安人。"多年前，一个叫惠澈简的诗人在自己的诗中描述了自己所见到的西安人挖野菜场景。

小时候捉住了一只蝴蝶就以为捉住了整个春天，但你妈告诉你，扑棱蛾子有啥好抓的，挖野菜才是春天该干的事儿。

只有真正目睹过西安人挖野菜，才会深刻地明白，在这片土地上谁才真的是大自然的搬运工。

几年前，我在小区电梯里遇到个手里攥着一把野菜的大妈，逢人便说是从小区门口绿化带里随手摘的，就为这一小把野菜，自己沿着绿化带鸭步走走了200多米。

看见绿化带，就想蹲下来看看有没有野菜能抠也仅仅算是初级阶段，在西安重度挖野菜成瘾者眼里，对春天最大的辜负，就是没挖过野菜。

没人知道，到底有多少西安人挖过野菜。唯一可以确定的是，只要这片复杂的土地上还在生长着野菜，春游踏青赏花这种文艺行为在西安人心中就永远只能是第二位。

我观察过一些西安人的春游，可以没有野餐垫，可以没有帐篷，可以不放风筝，可以不准备任何吃的，甚至可以忍住不拍照不发朋友圈，但一定会在包里多装几个塑料袋。

一个西安大妈讲，我不知道会在什么地方，什么时间，遇到一大片无人采摘的野菜，但我知道，我的包里有塑料袋。而野菜，是为有塑料袋的人准备的。

这些买菜时被带回家的塑料袋，在春天的使命就是尽可能多地装满野菜。

从南到北，不问东西，只要是有片绿颜色的地儿，你大概率会看到蹲在地里挖野菜的西安人。

他们多数时候都是沉默不语，只是专注地挖野菜，偶尔会站起来，猛烈地拖腿，然后抬头看看天空，扫视一圈周围，不是为了看一眼这满目春光，纯粹是因为蹲得时间长腿麻了。

"挖野菜跟抄一百遍《心经》从本质上讲，都是修行。每一次挖野菜，分拣的过程中想到自己这么有条不紊地专注分拣就是一种修行。"

根据西安人对挖野菜的热爱程度，可以得出一个结论：挖野菜可能是唯一能跟广场舞抗衡的活动了。

"以前每天早晨从七点半到八点四十,我楼下的小广场上到处都环绕着酒醉的蝴蝶,社会很单纯复杂的是人以及 DJ 版广播体操的 BGM,但春天来了之后,我发现这个时间被提前了一个小时,楼下的大妈们跳完舞,热热身,然后赶最早的班车集体去挖野菜。"

青岛人挖蛤蜊上头,西安人挖野菜上瘾,挖一次爽一次,一直挖一直爽。

"上周五路过西八里村的时候,偶然听到几个中老年人在村子口小声交谈,隐隐约约听到什么明早五点起来,六点出发/都把工具带上/嘴紧点,知道的人越少越好/额保证,一铲子下去绝对能挖到东西……一开始,我以为是打算去挖哪座大墓呢,站原地支愣耳朵听半天,才听清是打算组团去挖野菜。"

每一年的春天,野菜在西安的受欢迎程度,堪比新开超市免费送鸡蛋。在这个居住着上千万人口的城市里,谁掌握了最新的野菜地图,谁就掌握了西安人的春日社交密码。

这么说吧,小区里两口子离婚,过七八年才有人知道,但哪里能挖到不要钱的野菜,当天就能传遍很多西安人的朋友圈。

"之前发了一组去青龙寺看樱花的视频,半天没人点赞,后来发了一塑料袋野菜,光是回消息就花了我三个小时。"

西安人对挖野菜的别致感情,一小部分是来自秦腔的艺术熏陶,前有身骑白马走三关,改换素衣回中原的薛平贵五典坡前重逢挖野菜的王宝钏,后有手提竹篮下地剜野菜追求恋爱自由的现代女性梁秋燕。

一大部分是来自贫瘠年代的记忆。见风就长的野菜,见证了西安人的回忆,即便到了今日,不缺吃喝,但在料峭春风下,看见野菜,那些迎风而流的眼泪,最后都化成嘴角的口水。

老阿姨一边挖野菜,一边分享心得:"为啥要挖野菜,挖的就是个情怀,以前呀,唉,啥吃的都缺,一年到头就等着春天,到处都是野菜,这是大自然的馈赠。为啥要吃野菜,现在时代变了,但人吃的都太复杂了,野菜就不一样了,绿色、健康、无公害。"

一到三月三,荠菜赛金丹。

对此,西安注册二级挖野菜大手子方哥最有发言权,他比谁都知道,从在

西安次要生活观察

大自然中发现野菜，到切身感悟到春天的气息，只需要一碗荠菜饺子。

对于挖野菜上瘾的西安人来讲，每周的近郊春游只不过是不断地开辟新的挖野菜地图。

"有一年春天，连续好几个周末，我跟着朋友一起从长安区几个村子开始挖野菜，一路挖到蓝田，再到临潼，再到浐灞跟河堤路。一整个春天我见过很多的人，我发现一个道理，没有谁能抵挡住野菜的诱惑。尤其是当我看到花开的树上结满了人，然后人们从树上下来开始挖野菜的时候，我想起了年轻时候坐在教室里听老师讲人类起源的那节课，下课的时候老师留了一个作业，人类是由猿猴进化而来的，那是什么让树上的猿猴改变本能，从树上来到地面？我想今天我找到了答案，就是挖野菜。"赛博时代，机器人会不会梦到电子羊不好讲，但西安人一定会梦到挖野菜迷路，并希望电子周公能给自己解个梦，指点一下迷津。

周公不回应，但本地新闻会告诉你，真的有人因为进山挖野菜迷路。

即便现在已经发展到可以把卫星送往外太空，人们可以搭乘太空船到达月球，但在挖野菜这事儿上，依然还停留在神农尝百草的神话时期，个别试图和野菜互动实现人与自然和谐共处的人，最后都在急诊抢救室见了面。

这就像我们的生活一样，充满着不确定性。

如果《阿甘正传》的故事发生在西安，当阿甘坐在长椅上，提一提自己脚边装满野菜的塑料袋，对陌生人的第一句话可能就是：Life was like *wa ye cai*, you never know what you're going to get.（生活就像是挖野菜，你永远不知道会挖到什么。）

但即便是为了野菜，迷失在山林过，被吓瘫过，被毒翻过，依旧没有什么能够阻挡西安人对野菜的向往。

"你仔细观察，互联网上所有的文字与影像，都充斥大量复杂难辨的情绪。你根本无从辨别这些情绪的真与假。但只有一种情绪是真实的，就是挖野菜的时候，人们是放松的。人们回忆自己童年跟着长辈挖野菜的经历，开心地展示自己挖野菜的成果，分享自己用野菜做的各种食物。"在河堤路的某一处草地，一个大姐一边讲述自己对当代互联网的观察，一边麻溜地一铲子挖走我眼前的一棵肥嫩的荠菜。

西安次要生活观察

这个人口过千万的城市，就像歌里唱的那样，有多少沧海一夜变成桑田，在每个新的一年三百六十五天，高楼盖得越来越高。很难想象人类与城市、人与人之间的连接有多紧密，挖野菜也许就是一个节点。

比起站在窗前感慨再也看不见南山，早晚高峰堵车时候的烦恼，挖野菜更能让你深刻地体会到这座城市的变迁速度。

城市的边界越来越大，每一代西安人的挖野菜记忆不断向外扩散。20世纪70年代出了城墙就能挖野菜，80年代得到小寨之外，90年代得出了明德门才能挖到野菜。到如今，人们挖个野菜都得越走越远。

可以说西安人对挖野菜这种行为有着复杂的感情，它既代表着过去未曾消散的生活气息，也在与当下高效运转的城市生活发生关联。

菜市场到处都是鲜嫩的绿叶菜，应季的不应季的都有。去个长安区的村子，老乡们沿着马路两边依次坐开，跟前都摆着大袋的野菜，但更多人问老乡的第一句话都是：这都在哪儿挖的？

也许每个挖野菜的西安人都清楚，挖野菜到底意味着什么。

就像一位西安朋友所说的那样：当我们想起野菜的时候，重点并不是野菜本身，也不在于田园梦，而是那种和家人朋友聚在一起，为挖到一棵野菜而欢呼的温情时刻。每每蹲在地里开始挖野菜就有种感觉，好像人生会一直这样快乐下去。

为什么网上说
一半西安人去爬了圭峰山?

有人讲,这个季节,去圭峰山的念头是周一种下,周二发芽,周三破土,周四生长,周五根深蒂固,枝叶繁茂,满脑子都是要去圭峰山,不去不行,根本忍不住。

西安次要生活观察

被骗去圭峰山是迟早的事儿。

也就是说,现在的圭峰山已经成了当代西安生活的重要组成部分。在西安,在这个季节,你很难不和圭峰山产生一些联系。

你一早坐地铁上班,二号线倒三号线,不想眯一会儿,坐车厢玩手机,刷短视频,大数据就开始给你推圭峰山。漫山红叶,航拍视角,无人机山顶盘旋,穿梭云海,有点像是御剑飞行,很酷。

到科技路站不想看视频了,换个APP,打开一看,大数据还在给你推圭峰山,照片为主,文案句句猛烈捶打你,大锤八十,小锤四十,发帖人很激动,写山里的红叶都疯了,特别壮观,爬山不累,上山两小时,下山一小时,精神SPA。

所以,也有一个说法是,圭峰山是当代西安生活里最生猛、最容易上头的那一挂,看完感觉劲头比葫芦头配白酒还要猛。因为山就在那里,像撩人的琴弦,像燃烧着的生活,像灵魂的避风港,像没缘由的思念。

到了办公室,打开电脑,耗时3分12秒,弹窗厚颜无耻,给你显示"你的开机速度击败全国35%的电脑用户"。脑子里依然回想圭峰山,漫山红叶,山间云缠雾绕,突然觉得眼下过的生活实在太气了,没劲,想透透气。

中午吃饭的间隙,终于没忍住打开地图,开始查找路线。

有人讲,这个季节,去圭峰山的念头是周一种下,周二发芽,周三破土,周四生长,周五根深蒂固,枝叶繁茂,满脑子都是要去圭峰山,不去不行,根本劝不住。

然后,你就被"骗"了。

因为人太多了,在太平峪进山口就被吓一跳,感觉这辈子没在西安见过这么多车。你以为自己独得大数据恩宠,但实际上它普度每一个周末无处可去的西安人,它比你家隔壁关心你婚事的张婶还要热心,每十个来这里的西安人里,有九个最后都经由大数据的介绍,抵达此处。

圭峰山过于热闹了,在网上搜索圭峰山人多,你不会是最孤单的那一个。

现在的西安短视频博主,去圭峰山,反向操作,不爱拍景色多好看,全在拍山里到底有多少人。山是什么山,人山;海是什么海,人海。你去小卖部买水,还没开口,老板未卜先知,说,朝前再走二里路,过个桥就是圭峰山。

Living in Xi'an: An Alternative View

西安次要生活观察

打个比方，你在锦业路打到一辆车，扫码上车后跟师傅讲，带我去个热闹场子，人一定要多。然后你靠在汽车后座上闭目养神，等睁开眼睛，就会发现，司机把你拉到了圭峰山脚下。

很多来爬山的人一开始筹划着如何用手机拍摄美景，但最后发现，只不过是换了个地方，换了个时间，体验了一下早高峰堵车，最后没办法，只好先坐在车里玩手机。

因此有一种说法是，一到周末，一半的西安人在圭峰山，剩下的一部分在鸡窝子冷杉林，一部分在雁南公园。

在爬山之前，你曾认为圭峰山只是一座长满红叶的普通山头，幻想着在什么角度拍照好看，用什么文案，网上都在讲这座山两小时登顶一小时下山，风声已耳，岁月静好，一趟下来感觉大山会洗去你一身的疲惫。

山脚下农家乐的老太太，看样子有80来岁，站在自家院子门口疑惑不解，问你，这有啥好爬的？

你说，没办法，大自然的召唤，不得不来。

但很快就会明白，爬圭峰山，你就得付出一定的代价。因为圭峰山跟别的山不一样，太硬了，没有回旋余地的硬。

很多人一开始爬山时，还能谈笑风生，稍微爬升一些，拐几个弯，人就不行了，连呼带喘，觉得怎么会有这样的山？感觉有点错乱。

圭峰山没有大路，一条窄道，一米多宽，盘旋迂回，全是土路。行人密密麻麻，但上山下山秩序井然，一律靠右行走。

山也很严肃，像是每天早晨督促你跑操的教导主任。人进了山，就像进入了山的动脉血管，只能如血液一样流动，不能停，你一停，就像是血栓一样，把路给堵了。你也有点不好意思，心里不是滋味，感觉对不起山。但实在太累了，最后只能找一棵树骑了上去，以保证山的通畅。

山又像是生活的质问，当你走在人生的道路上时，一座座看似无法翻越的山屹立在你面前，是选择走上去，征服它，还是选择转身离去？

一个大姐，穿着时髦，盘着头发，40来岁，可能是部门负责人，带几个20来岁小姑娘，组团爬山，第七道弯的时候，一个妹子说，姐，我爬不动了，不想爬了。大姐冲锋在第八个弯，转过身一脸恨铁不成钢，哎呀，这哪行呢，

西安次要生活观察

人到绝顶我为峰，年轻人就得多动动，咱们很快就登顶，来都来了，不能这么快放弃，你快上来，这里景不错，我给你们拍点好看的照片。

到底是年轻人，迅速冲锋至第八道弯，选景、拍照、摆pose、相互轮换，秩序井然，行云流水，一气呵成。然后在大姐感召下，选择继续征服圭峰山，朝着下一个弯道进发，身影迅速隐入山林。

再走六个弯，跟大姐狭路相逢。正在弯道处指挥几个妹子下山，你们靠边等等，先别下来，等这边人都上去再下来。

有人问，是不是到山顶了？

大姐没吭声，带着妹子们匆匆下山。

也有人讲，爬圭峰山的体验，有点像你爸给你说：小学多努力，上初中就轻松了，上了初中说上高中就轻松了；等上了高中，你爸说，努力三年，到大学就解放了；到了大学，你爸说，工作以后就彻底轻松了。

你爬山也的确遇到这样的人，你问他，离山顶还有多远？他说，还得半小时。你走了半小时，拦路另一个人，他说还有半小时就能到。堆叠四次半小时，终于遇到一个老实人，说还早着呢，你再爬一个小时，到农家乐那里，歇一下，再走一个小时才能到山顶。

你说不行，被骗了一路，感觉像眼前挂着红萝卜的驴。打算解套，抄近路上山，看到一条小道，走上去发现是一座坟，很突然，有点恍惚。只能鞠躬，说打扰了，百无禁忌。赶紧下来，汇入拥挤的人潮里，继续走弯道，安慰自己，直线快不算快，弯道快才是真的快。

一边攀爬，一边羡慕牵着阿拉斯加犬登山的大哥，前半段他牵狗，后半段爬山累了，是狗牵着他，比登山杖还管用。

没想到，山里会有这么多人。可不是么？从今年，也有可能是之前，你在网上看到个地方，说找时间去一下，等你去了，满坑满谷的人。你发个地方，说西安这地方人少景美好出片，底下一堆人问你，朋友这是哪里？想去。

一个经常爬山的朋友得知我要进山，给我分享了一个爬山经验，他说，这个季节如果去爬圭峰山，爬的过程里不能一直喝水，因为水喝多了，你就想方便，但山不答应，感觉能有一万个人从你身边路过。

旁边一女的，带个娃路过，给孩子打气，加油，不到长城非好汉。娃说妈

Living in Xi'an: An Alternative View

你别骗我,电视上长城不是这样子的。女的说,怎么不一样,长城上的人跟这山里的人一样多。

看着红叶,山风中忽然闪过几帧从前。

想起之前跟同事的一次聊天,缘由是有人在微博问,以前的大学生活是什么样子的?底下一堆人讲,想出去玩就出去玩呗。周末从学校出发,去另一个城市看演出,周一早上回来上课。周一没课,就再玩一天。

到最后纷纷感叹,你能想到,生活说给你加点料,加的是世事难料吗?现在想以前的大学生活,感觉遥远得就像是上辈子的事儿。

远在远方的风比远方更远。你能怎么办?你只能埋头开发眼前的生活了,从南三环出发,到圭峰山 40 公里,到分水岭 59 公里,看红叶,看冷杉林就已经是远方了。原路往返,堵车就堵车。

爬到农家乐,就地休整,打算去买水买泡面,老板说山上没信号,你把收款码拍一下,下山有信号再给我钱。屋子旁边放着一个木箱子,写着厕所收费处,自觉投币 1 元。

等山风吹够,也不想登顶了,打算下山,人潮依旧汹涌。下山比上山还要苦,主要是疼,像是有谁在不断敲打你的腿骨以及膝盖骨,一路后悔早上出门没剪脚趾甲,疼得像是被人逼着用脚趾在地上抠了好几套三进的四合院。

但短暂停留时,你会发现红叶是真的好看。人也像是突然长舒了一口气,像是搭车去青藏高原散心了一趟,变得轻松。生活也许就这样,像是你经过乡间的柏油路上嵌着的猫饼,虽然能猜到经过,却无法还原其本貌。

路上遇到上山的人,礼貌避让,有人问你,到山顶还有多长时间,你说,再有半个小时就到。

下山饥肠辘辘,终于能像个西安人一样,在农家乐点上土鸡的一生,土鸡蛋炒辣椒,土豆炖土鸡。

收拾整齐,准备下山,又像是体验了一次晚高峰。

所以又有人讲,这个季节的圭峰山像是用真实景色构筑起来的一个盛大的骗局,往往爬到最后,就会恍惚,整不明白,到底是来赏红叶还是看人,以及到底是来放松还是来受罪的。

但这些并不要紧,一直要到回到家才能缓过劲来。

西安次要生活观察

  其实，漫山红叶是真的，短暂炫目，一岁一枯荣；山间的浮云，吹过的风，山中的人，山下的农家乐，以及腿疼都是真实的，真实得像是生活跟从前一样。
  也想明白了，山是一个好玩意，西安人有山真不错，只要有山，只要能去爬爬山，看看红叶，生活就还算多姿多彩。

为什么去秦岭爬一次山，嗓子会疼好几天？

走到中间，朋友忽然"啊——"的一嗓子，给我吓一激灵。

看到我有些惊慌，他解释说自己是在喊山，然后他建议我也喊一喊。

我连忙摆手说，算了。

朋友明显有些失望，说："你还是对两字人的夏天不够了解，吃面不就蒜，味道少一半，爬山不喊山，等于爬楼梯。"

西安次要生活观察

几年前一个夏天，有个西安朋友带着我去爬山。

山很野，路很窄，都是碎石，密林丛生，浓得化不开的绿，遮蔽前路，走在山里有点像是走在 20 世纪 90 年代香港出产的恐怖电影里。

走到中间，朋友忽然"啊——"的一嗓子，给我吓一激灵。

看到我有些惊慌，他解释说自己是在喊山，然后他建议我也喊一喊。

我连忙摆手说，算了。

朋友明显有些失望，说："你还是对西安人的夏天不够了解。吃面不就蒜，味道少一半。爬山不喊山，等于爬楼梯。"

后来，进山的次数多了，我发现西安人对山抱有几乎永恒的热爱，尤其是在夏天。

当一个西安人中午吃完三合一菠菜面，走在暑气蒸腾的路上抬头看着天上飘浮的云，他会忽然决定要进山，毕竟天气这么好。当他打开电视，看到岳云鹏正追着车跑，痛哭流涕，声嘶力竭地喊燕子我没了你怎么过啊燕子时，忽然就跟岳云鹏共情了，想起了南边的山，认真盘算山没了自己要怎么活。甚至在某一处夜晚的烤肉摊上，几个中年大哥忽然开始讨论最近的国际局势，感叹生活像是一团无解的乱麻时，他们的意思也是，周末得进山一次。

我有好些朋友，痴迷于进山。

我说这样不行，显得一点都不年轻人。不说露营了，高低得玩个飞盘，划个桨板。

一个朋友说，人不可能永远年轻，但永远有人在进山。秦岭的山是有些东西的。环山路上，你侧过头，就能看到烈日下的山打着一朵遮阳的白云在深情地注视着你。你看了半晌，摇起车窗，心里说，这次有事，下次一定进山。

到了傍晚，你去了少陵原上吹风，站在观景台上向远处望去，发现山还是看着你，温柔得像是情人的注视。你有些愧疚，于是点上一支烟，你抽一半，路过的风抽一半。火星的明灭中，你打定主意，明天就去山里。

等你到了山里，你站在河道冰凉的溪流里，抬头一看，山就在眼前，似乎很容易翻过去，给你的感觉像极了长安区黑夜里健身的北北（伯伯）常说的那句"来，给额身上爬"，充满了自信与可靠。

经常有人说，到秦岭里面，本来一开始是没想着爬山的，但没想到进了山就控制不住。

长路奉献给远方，星光奉献给长夜，我拿什么奉献给你，我的秦岭？然后，他们就开始爬山。然后，他们就开始喊山。同样控制不住。

如果一定要形容什么是喊山，大概就像是跟朋友一起去 KTV 唱歌那样，都是最后嗓子疼。但又有一些不同，就像冒菜是一个人的火锅，而火锅是一群人的冒菜一样。KTV 是一群人的都市喊山，喊山是都市人的一次野外 KTV。

西安一些老年人，总喜欢在清晨出门。他们在地铁上历数经历过的日子，相互探寻对方的孩子过得如何，工作好不好，家庭幸福不幸福，交流吃什么保健品能包治百病。然后在地铁二号线会展中心站分道扬镳，一部分提着印有酒类名称的手提袋，在会展中心跳上一辆公交车，最终抵达一个公园或者健康讲座；另一部分，一直坐到韦曲南，跳上去往山里的公交车，然后与山间晨雾一同隐没在秦岭某个小路口。

有时候，可能是下午两三点，你刚到山间某一处，就会听到远处传来模糊的喊山声"啊——"等过了七八分钟，你才看到他们，头发花白，从你身前经过，携带的音响播放着 DJ 版"你的脚步流浪在天涯"。你也不好搭话，生怕他们一张嘴就是"啊——"

你在山里，经常会遇到一些西安中年人，他们会带着娃一起爬山，他喊一嗓子，娃跟着喊一嗓子，"雏凤清于老凤声"。娃有时候显得困惑，看着他爸，他爸爸也不解释，在山路上继续蛄蛹几步，然后双手聚拢成喇叭，对着高山，来，看爸口型，"啊——"

某个野山入口，有一家搞农家乐的老板，50 多岁，长的有点儿下不为例，但极为热情，能亲自指挥游客停车。

他分享自己家的揽客秘诀，就是等车停好后第一时间告诉游客，从他家这里能上山，山里还有好几座庙。如果看游客有些犹豫，就继续告诉他们，来都来了，山一点都不高，很好爬的。

然后过个十来分钟，就能听到游客开始喊山。

连喊带爬一趟下来，游客往往又累又饿，他就趁机推销自家散养的走地鸡、鳟鱼，或者土鸡蛋，运气好的时候，还能顺带着把土蜂蜜卖出去。总之，这些东西价格都不便宜。如果客人既不吃饭，也不喜欢土蜂蜜，他就收 10 块钱的

西安次要生活观察

停车费。

一般来讲，只要在秦岭开始爬山，似乎哪里都有喊山的。

你跟西安朋友抱怨，西安夏天怎么这么热，有点背不住，一出门就像撞进了理发店一台正在全力工作的烫发机里，万物都被热到卷曲，吸一口气，感觉肺叶都在燃烧。

西安朋友听你说完之后，安慰你，忍一忍，周末带你去爬山，凉快。

你不知道那是什么山，朋友也没解释，山道崎岖潮湿，看不到人，远处只听到一阵素不相识的喊山声，穿透蝉鸣与鸟叫。一些路段能看到潜行在石缝里的细流，带着凉意的空气顺着喉咙一跃而下，肺叶上燃烧的火瞬间被扑灭。你忽然想要跟大山对话，千言万语脱口而出，汇成一个字，"啊——"

一个做户外的朋友讲，西安人的成"驴"之路，一定是从大寺开始的，只有穿越大寺，才标志着成为"驴"。

他以前常年守在本地 BBS 上发帖，后来转移到微博上，现在常年蹲守小红书，时不时地发一些爬山的动态。如果有人留言，他就说"小窗发你"，聊两句之后就问对方，要不要去爬山，喊山很过瘾的。

他说有一次，自己接了个公司团建的活儿，带十来个人早晨八点从鸡窝子开始上山，爬了一小半，那个在山下农家乐喝稀饭时强调公司狼性文化的小领导，忽然对着山"嗷"地喊了一嗓子，然后迅速人传人，所有人都开始同时喊山。

最面前一个人对着山刚喊完，声音撞在树干上还未反弹，最后一个人的"啊——"就咣唧一下撞在他的后脑勺，左边的"啊——"刚喊出口，就跟右边的"啊——"汇合在一起。那感觉，有点像是被一群土拨鼠给全方位包围了。

很多时候，想要扯嗓一喊的念头会突然出现在脑海——迅捷无声，突兀却自然，可能是在一千份简历石沉大海无回响的时候，可能是在夜晚走向出租屋看到万家灯火没有一盏属于自己的时候，也可能是来自生活的一次安慰，一次惊喜。

然后，他们就得进山，爬山，喊山。

秦岭的山，基本都是石山，山体坚硬，喊一嗓子，声音便在山石上来回撞击，直至消失。你不会去刻意练习，喊山的时候用什么声调，音量调到多大合适。喊山往往来得突然，有时候是爬山时看到一朵飘浮着的云，有时候是爬山

西安次要生活观察

时想到城市生活,越过一座山头,像是扛过了什么,整个人忽然变得轻松起来,于是就喊一声,从此天高任鸟飞,海阔凭鱼跃。

过路的云,往往被喊山声吓一跳,然后哭着从一座山头逃向另一座山头,路上另一队爬山的人忽然淋到了雨,领队回去写爬山日记,特意点明,山里气候多变,爬山要记得带防寒防雨的外套。

还是那年爬山,朋友说以前他也不理解爬山的时候,为什么要喊。

朋友说,其实爬山的时候,总想对着山喊一嗓子,以证明自己的奋勇。那一次爬山他迷路了,继续喊山,是希望通过喊山把自己给救了。

爬野山虽然惬意,但往往又伴随着迷路的风险。山里通常信号不好,而且小道多岔路,喊山就成了GPS,你在山上头喊一嗓子,下面的人听见了,就回应你一声,这样你就能循着声音导航顺利出山。

最后提示大家:爬野山、游野泳有风险,请在专业人士的指导下进行,并服从当地有关部门的管理。

每天，
都有人想在长安樊川公园
找到那片海

如果说，每个西安人心中都有一片海，那么这片海，在目前一定属于樊川公园。就连在韦曲南地铁站揽客的司机们，在招揽客人时，除了财院、培华、西京之外，在目的地的选项里都加上了樊川公园。

西安次要生活观察

三亚不只在 2400 公里之外，也在距离地铁二号线韦曲南站 1.6 公里处。

在长安区，如果进樊川公园逛上一圈，总会在某个时刻被眼前的景观弄得有些恍惚：白色的沙滩、和煦的阳光、挺拔的棕榈树以及碧水蓝天。

这片从高空俯瞰状若胃形的地方，不只是骑着车子的马飞认不出来，就连本地人去了都算是外地游客。

如果不是稍显冷峭的风拂过稀薄的头发，远处还在积攒能量等待春天的树，以及还没脱去棉衣的人们，眼前的一切，总会让人怀疑自己是不是一脚踏入了某个热带岛屿。

就在去年，樊川公园还只是长安区新建的诸多公园之中的一座。

人们去过，漫步在蜿蜒的道路上，看着河水流向远方，然后在公园的牌子下或者某一处自拍和拍点景物照片。

当他们在闲暇时光里，翻动手机相册，想起这座公园，脑海里浮现的词语通常是（包括但不限于）啊！还行／挺好／还可以／就那样／新修的大公园……关于公园本身似乎并无什么独特的记忆。

直到那片洁白沙滩的出现，给樊川公园赋予了新的形象。

如果说，每个西安人心中都有一片海，那么这片海，在目前一定属于樊川公园。就连在韦曲南地铁站揽客的司机们，在招揽客人时，除了财院、培华、西京之外，在目的地的选项里都加上了樊川公园。

众所周知，公园里有了一个小三亚。

没有一个北方人能在寒冷的冬季扛得住三亚的诱惑，尤其是当这个"三亚"就在家门口的时候，光是看到白沙滩与棕榈树，就已经能令人心动了，尤其是文案里那句"遛娃胜地"，就能让西安的年轻父母为之倾巢出动了。

樊川公园的白沙滩算得上真正的快乐老家。"花 20 块钱，买一个塑料小桶，一把塑料小铲，祖宗能撅在那里挖一天沙子头都不带抬一下，就连老婆看我都觉得顺眼了许多。"方哥毫不保留地给所有亲友分享自己新发现的带娃技巧，说到动情处，甚至会翻开手机，打开相册，给人们展示这个神奇的地方。

事实上，这一片沙滩，弥补的不仅仅是亲子关系，还拯救了嗷嗷待哺的西安互联网流量捕手们。

假如说，伴随着互联网而生的这一代人，生活中能有什么值得分享的经验的话，最重要的一条就是：千万不要低估互联网社交平台上的任何一条消息所带来的影响力，尤其是发生在你身边的消息。

第一个在互联网上发出樊川公园白色沙滩照片或者视频的人绝对想不到，他的一条日常更新，到底意味着什么。

如果说短视频或者别的社交平台在一开始只是人们用来记录、分享日常生活的载体，那么现在这个载体已经是一片茂密的森林了。

每个参与其中的人，就像持枪潜行林间的猎人一般，小心翼翼地拨开挡路的树枝，寻找能引发人们关注的猎物，他必须小心翼翼，竭力不让脚步发出一点声音。因为在这片森林之中，到处是如他一般的流量捕手，一心想要成为焦点。如果他发现猎物，能做的只有一件事：第一时间发布。

在这片森林中，唯一的法则就是：谁最早发现新的猎物，谁就能拥有安迪沃霍尔所讲的十五分钟成名的机会。

从这一点来讲，发出第一条樊川公园白沙滩棕榈树视频或者照片的人，无异于是在这片森林里点燃了一堆篝火。

往这堆篝火里继续添加柴火的，是之后赶来的流量捕手们。

他们从四面八方而来，自驾、地铁、公交，用随身带着的手机、相机、无人机，记录眼前发生的一切。他们在镜头前摆出各种pose，盛赞这里的白沙滩棕榈树，把这里称作西安的"小三亚"，并看好这里会成为西安新的网红打卡地。

白沙滩与冰凉的河水无法拉近三亚与关中平原上一座公园的距离，但互联网社交平台做到了。

没有什么词语能够具体形容互联网内容对现实的影响，只是当人们打开短视频时，发现西安已经不止有大唐不夜城的璀璨灯火，不只有美食播主跟你分享西安有什么好吃的，还多了一个西安的"小三亚"。哪怕是在互联网之外，当你打开电视，主持人在都笑眯眯地跟你分享：

"春节就地过年怎么过？最近呀，西安长安区的樊川公园火啦。被网友们戏称是西安的'小三亚'，下面就让记者带您去实地探访一下……"

总之，樊川公园像塞壬的歌声一样，吸引着无穷无尽的人们。

每天都有人不顾一切地去寻找那片海，但首先等待他们的，是无尽的车海。

"以前堵车的时候，我就喜欢听歌，朴树那首《平凡之路》伴我度过很多

Living in Xi'an: An Alternative View

西安次要生活观察

次堵车，那句我曾经跨过山和大海，也穿过人山人海，让我相信，这个世界上没有过不去的早高峰晚高峰。但当我堵在距离樊川公园 1500 米的地方，快一个小时几乎都没有挪窝之后，我只想对着前车司机大声地唱，你要走吗……"

附近的居民们，在"小三亚"这座流量池之外，发现了新的流量，"小三亚"引不起他们的兴趣，他们已经习惯站在自家的窗户跟前，举起手机，记录下由这片白沙滩所带来的"车海"。

当人们终于抵达那片应许之地，才发现这里哪还有白沙滩，眼前分明是一个大型的挖沙工地。无论大人小孩，都蹲在这片沙地上，像是能在这片沙滩上挖出什么宝藏一般。人们跟着互联网的浪潮，奔着这片海而来，终于拍到的只是人海。谈不上失望，但总有一丝丝的遗憾。

每天去樊川公园遛弯的老汉叔们，沉默地看着记者的镜头，过一阵才悠悠地说道，最近这里人多得连个下脚的地方都没有。

继而你会发现，其实，陕西的特产是擀面皮、肉夹馍、臊子面以及"小三亚"。

咸阳有"小三亚"，宝鸡有"小三亚"，渭南大荔有"小三亚"，鄠邑区有"小三亚"，西咸有"小三亚"，高陵有"小三亚"，汉中有"小三亚"……

或者不只陕西，几乎在全国各地的城市里都藏着一个本地"小三亚"，就连海南自己除了三亚之外都有一个"小三亚"。

就像每个古镇都有一头驴一样，陕西各处冒出来的"小三亚"，也几乎都是同一种模板：白沙滩、棕榈树、水岸、提着桶挖沙子的小朋友，以及短视频平台或者其他社交平台上掺杂着真正三亚的短视频。

在这场游戏之中，唯一让人觉得有些无聊的就是那些较真的人，他们仔细地辨别短视频的真伪，痛斥假视频发布者，质问其是何居心。

但这些质问，往往得不到任何回应。

更多的人对假视频保持了宽容。与其说这些视频骗了人们，不如说，人们心甘情愿地上了这个当。

为什么我们所在的城市就不能有一片白沙滩呢？

甚至因为这些假视频的出现，催生出了一种新型的"吃播"群体，他们聚集在一些定位是樊川公园的短视频底下，赌咒发誓：

"如果这是真的樊川公园，我现场直播把大雁塔给吃了。"

"这要真是樊川公园,我把整个二号线地铁车厢从北客站吃到韦曲南站。"

"吃啥不是吃啊,我吃个钟楼跟鼓楼吧。"

"我把南门当饼干吃了!"

"我胃口不好,吃不下。但这条视频要是真的,我把二号线从韦曲南站修到成都,让大家吃。"

互联网社交平台上关于西安"小三亚"视频真与假的交融,碰撞出了独属于西安的一种幽默感,这或许是多数人都没想到的。

就像萧伯纳所讲的那样,如果你要告诉人们真相,最好让他们笑。

从某种意义上来讲,"小三亚"的出现以及所带来的热潮,让人感受到了快乐。"小三亚"的出现,就像是一次未实现的远方之旅,承载着一段想象的记忆,我去不了远方,那就让远方来就我吧。

实际上,我猜人们尤其是家长们,也并不在意所谓的"小三亚"是不是真的完美复刻了三亚,即便明知道那里人潮汹涌,依旧忍不住想进去看一眼。等热潮退去,樊川公园还是那个樊川公园,人们也会奔向下一个"小三亚"。

与其纠结社交平台上那些视频的真假,不如仔细想想,那些修建于20世纪的公园里,那些曾经承载人们休闲时光的载体,如今还能看到多少年轻人的身影?

"小三亚"和慕名前来打卡的年轻人们,为业已老化的公园形态疏通了一条新的道路。

对于生活在这座城市的人们而言,每一座公园承载着一代人的记忆,如果说80后90后关于公园的记忆是兴庆公园里的大象滑梯或者莲湖公园里的旱冰场,那对于21世纪出生的人来讲,以后关于公园的记忆可能就是那片白沙滩。

西安次要生活观察

一到秋天，为什么一些西安人喜欢去山里爬树？

秋天，朋友约我去爬山。他说这次是个平平无奇的小野山，不费劲。

走到山下，远远看见一棵树的树枝在晃动。我问朋友，不会有野兽吧？朋友说，你放心。我说不放心。这里毕竟是野生动物园后门。

秋天，朋友约我去爬山。他说这次是个平平无奇的小野山，不费劲。

走到山下，远远看见一棵树的树枝在晃动。我问朋友，不会有野兽吧？朋友说，你放心。我说不放心，这里毕竟是野生动物园后门。

走到树跟前，我放心了，是树上骑个人，中年大哥，从肢体灵活度看，有点像香烟盒子上印着的那种猴。树下站个人，大哥他媳妇，手里拎着一根棍，抬头仰望，说，你慢点。

围观了一会儿，啧啧称奇，进化奇迹，从猴进化成人花了上亿年，从人变成猴，都用不着二斤白酒了，来山里找棵树就行。

朋友说，秋天么，一定得进山。

九月上旬，山里有些早熟的板栗就会爆开，然后从树上掉落，落到地上的声音被风带着一路向北直抵城市。整日待在混凝土森林中的西安人，听见了响动，就开始悄悄准备工具，查找线路，宣告已然知晓西安的秋天降临了。

我认识西安的一些中年老哥，平日里不苟言笑，在家的时候也不干家务，就看电视剧，上班的时候总是平静地蹲在吸烟区抽烟。但在秋天的山里，他们表现出了不一样的灵活。

带着胶皮手套，一手夹子，一手蛇皮袋，开始捡板栗，如果树底下没有掉落的板栗，那他就上树。一直爬到看见那些不愿离去的板栗为止，然后开始摇晃树枝。

现在的人，白天在公司对着电脑屏幕，晚上回家对着手机屏幕，看得久了，心里就开始犯嘀咕，感觉不是你在看屏幕，而是屏幕在看着你。

你把疑惑与失落说给西安的朋友，朋友听完，就告诉你，最近山里很多野果子成熟了，去爬个树，摘点拐枣或者其他野果吃一吃就好了。

白石峪那边，经常有看了推荐专门跑过来的游客，不为看动物园里的野生动物，就单纯地想进山当一次大自然的搬运工。

一些西安的年轻人，刚谈恋爱，也带女朋友去白石峪，说是在短视频上看到的，觉得很好玩，能捡到板栗和八月炸。结果走一路，只看到了满地的板栗外壳和树上的中年老哥。老哥在树上透过树叶看到树下的年轻人，满眼都是曾经年轻的自己。年轻人在树下看着老哥，仿佛一眼看到自己中年时的模样，于是赶忙低头，带着女友继续爬山。

有时候，人们在山里捡到板栗，就会当场剥开来吃。我问朋友，生板栗吃起来怎么样？他说，甜。我问是哪种甜。他说，像是初恋。野生板栗个头不大，往往还没尝出滋味就没了，等你反应过来，唇齿之间只会留下一丝怅然若失的甜味。

其实只要到过西安，你就能体会到西安人对进山的热爱，山就是生活本身。不管你当初来西安抱着怎样的雄心壮志，到最后你都会去爬山，以及摘野果。

之前我认识一个研究植物的朋友，常年蹲守在山里。有一次让他给我普及一下山里的植物，老哥咽着口水，滔滔不绝讲了两个小时，主讲山里都有什么好吃的，从草本植物一路讲到各类野果，听完后，我说有点饿。

在山里，还有一些板栗是想不开的那种，被外壳包裹，浑身是刺，很坚硬，很难搞。没经验的人去了，看到这样的板栗，贸然伸手去拿，就会被扎得吱哇乱叫。但经验老道的西安人，才不在乎这些。如果在山里遇到那些想不开的板栗，那他们就给它一闷棍，直到板栗想开了为止。

这有点像公司里刚上班的那些年轻人，才毕业，不懂门道，遇到点小事，比如女友要跟他分手，熬通宵给甲方改了十版方案，被人骗了……然后就有点想不开，直到被生活敲几闷棍之后，也就逐渐想开了。

有时候你爬山，在路上遇到一对夫妻，差不多四十来岁，大哥前一秒还在好好地跟媳妇说着话，讲爬山太累了，要休息，连喊山都没劲儿了，下一秒就突然抓着树干蹭蹭蹭开始爬树，媳妇问他你干啥，大哥说，没啥，快推我一把，我看到树尖尖上有一颗柿子长得特别心疼。

也有那种，你正走着，突然从你旁边的山坡上冷不丁出溜下来一个人，裤子上全是草叶，灰头土脸，往往吓人一跳。他倒没啥事，朝你嘿嘿一笑，扬了扬手里的东西说，你看，这就是八月炸。

网上一些 IP 地址显示是西安的生活类账号，你也搞不懂他们靠什么工作养活自己，反正从周一到周五，更新的内容都是在山里捡板栗摘野果。周一在白石峪，周二在子午峪，周三在蓝田一个山里，周四在黄峪寺，周五在土门峪。

捡板栗的时候，山里的一些松鼠就在一边看着，脸色铁青，嘴里嘀嘀咕咕的，像是在怨人。

听说一些西安人最近走亲戚，到了亲戚家，亲戚会用电饼铛烤的毛栗子来招待他们。他们要是问，栗子哪里买的？亲戚连忙摆手说不要钱，然后讲述自

西安次要生活观察

己在山里如何捡拾快乐并大方表示，栗子多的是，一会儿回家的时候记得带一些走。

栗子吃到嘴里很不是滋味，想放下一切立即进山。聊一阵子，看看手机，就说自己还有事儿，就不坐了。

等查好线路，兴冲冲跑过去一看，峪口的车像是要溢出来一样，进了山更失望，山里的人比板栗还多。个个左手拿着袋子，右手拿着棍子，在草丛里拨拉，希望能找到漏网之鱼。

进山一趟，想着来都来了，也别空手回去，最后在山下找老乡买了十斤板栗和山核桃。

等朋友来看自己的时候，也用电饼铛烤一些板栗，然后等朋友问哪里来的板栗时，就手舞足蹈地讲自己如何在大山里捡拾快乐，并大方表示，还有很多，走的时候记得带点回去。

"心急吃不了热豆腐"这句话,为什么在杜曲是错的?

"心急吃不了热豆腐",是古老的生活智慧。但在杜曲这里完全失灵。就像江浙沪不相信邮费,杜曲人也不相信"心急吃不了热豆腐"。因为他们把热豆腐做成了早餐。

西安次要生活观察

"心急吃不了热豆腐",是古老的生活智慧,但在杜曲这里完全失灵。

就像江浙沪不相信邮费,杜曲人也不相信"心急吃不了热豆腐",因为他们把热豆腐做成了早餐。

杜曲人的这份早餐很特别,它太过直白、浅显。

宝鸡人看了会沉默,渭南人看了会不语。他们为了吃个豆腐,得先把豆腐买回家,趁着豆腐不注意将其快速切成厚一点的薄片,然后起锅烧油,把豆腐炸到金黄,最后再切成丝,宝鸡人会把这个当作臊子面的浇头,渭南人会做成豆腐菜或者凉拌豆腐丝。

我听朋友讲过,要是不小心,炸豆腐时热油溅到胳膊上,会疼很久。

也有人用豆腐来做馅,填菜盒,入饺子,塞包子,搭配韭菜、地软、粉条或者其他食材一起食用。

在杜曲吃豆腐就很简单,这早餐连个正经名字都没有,就叫热豆腐,字面意思,出锅没多久还热着的豆腐。

在这里,趁热既是生活经验,也是关于豆腐的一种吃法,玩的是豆腐的本味与纯粹。

你要是个 rapper,敢在网上说自己玩的是纯正西海岸,就会收获无数的嘲笑,连你的朋友都会跟着一起嘲笑你。但你要说你在杜曲吃了热豆腐,别人只会问你,这好吃吗?你的朋友给你发消息,只有两个字,在哪?

我在网上看到一部分西安人,他们聚集在短视频的评论区,什么都吃过,见多识广,对西安人的早餐无所不知。

他们从小跟胡辣汤玩到大,个个都是行家,你发个胡辣汤的视频,他们隔着手机屏幕鼻子一闻,马上知道这家油泼辣子里放了几颗味精;你拍个甑糕,他们说这家的枣儿老板换了产地,没有以前好了。

有时候他们还会为一个视频在评论区打赌,赌注是吃大雁塔或者把地铁二号线从韦曲南吃到钟楼。

但看了热豆腐的视频,他们说,我在西安活了一百多年但从来没吃过这,有点想吃。

当地人说,吃热豆腐最好的时辰,是在早上。

热豆腐制作简单,唯一的难点可能是需要早起。摊主们会在头一夜泡上豆子，然后在次日凌晨三点前起来，把豆子磨成豆浆，接着把豆浆倒入锅中开始煮，然后就是等，等豆浆与火在锅里谈判，最后在合适的时机点脑，等熟豆浆凝固成型，再放入器具中开始压榨出多余的黄浆水，至此，作为早餐的热豆腐就成了。

杜曲好几代人都在吃热豆腐。稍晚一点的清晨，太阳从塬上升起，黑夜便从屋顶一点点被逼退，万物初醒，当地人抬头一望，就知道该去吃一碗热豆腐了。

要一碗热豆腐，就着马路对面买来的刚出炉的葱花饼或者炸到金黄的油饼，听着树上传来不知名的鸟鸣，风从身边划过，感觉很不错。

自远处慕名而来的食客，在终于看到破败的小摊时，会陷入深深的自我怀疑之中，没有招牌，没有装修得干净利索的门店，承载豆腐的器具，似乎比城里那些古玩摊上摊主拍胸脯保证这是保真的唐代青铜器还要像古玩。

尽管环境透露着古玩的味道，但摊主个个收拾得干净利整，完全开放的空间，可以让你目睹热豆腐制作的全过程，为的就是干净又卫生，吃着放心。

一个摊主是头发眉毛全白的北北，有人说他长得有点像海明威杜曲分威，也有人讲，他长得像葫芦娃的爷爷。最近穿的围裙左下角近膝盖往上处印着"让人民吃点好的又有什么错！"的标语，常年坐在摊位后面，没有客人他就会得空喝点酒，夏天太热就喝啤酒，冬天太冷就喝白酒。

等食客来了，他就会问，吃豆腐吗？

你要说来一碗吧，摊主便利索地揭开不锈钢大盆上微黄的塑料纸，接着掀开豆腐上的盖布，然后拿着一柄大勺，开始从盆中抠豆腐，动作流畅且熟稔，似乎他从二虎守长安那年就开始干这一行了。

不锈钢大盆里的豆腐，底部被黄浆水环绕，如浮在海面的冰山，散发着夺目的白。抠下来的豆腐被盛在碗里，就变成了一座座微小的冰山。

太阳不断攀爬，冰山随着食客的到来一点点消融变小，直至消失无踪。

只是单单凭借一碗如冰山般冷峻的热豆腐，并不足以铸就它在杜曲早餐界的地位，就像不会单押双押，你的说唱只会是喊麦一样。摊主们在抠好豆腐之后，会浇上一勺自己事先调好的料汁。

于是，冰山便开始燃烧。

亦如奥雷连诺上校在那个遥远的午后被父亲带着，在向巨人支付十个里亚

西安次要生活观察

尔之后,第一次触摸到冰块时的反应,"这东西热得烫手"。

只一口,便会让人卸下所有成见与防备。

除过盐,料汁里辣椒明艳却又温和,不像其他地方的辣椒,入口就给胃部一记重锤,它只停留在口腔,蒜汁与醋的比例调配得也恰到好处,再加上豆腐本身的绵软清香,在口腔里顺利会师,然后五军齐发开始攻城掠寨,味蕾随之失陷,等到缓过神来,一碗热豆腐早已经见底了。

这感觉就像是在经历西安的秋天一样,有,但偏又短暂,稍纵即逝,总让人有点意犹未尽。

这个时候,老食客们就会让摊主顺着盆边给自己舀一小碗黄浆水,它是做豆腐时被挤压出来的水分。一些水分在蒸煮豆浆时,变成了水蒸气,然后从窗外溜走,飘浮在杜曲的半空中,最后被风带走。

一些水分,则痴心不改,任凭高温、挤压,最终选择留下来,变成黄浆水,被搬到小摊上,与热豆腐共进退。

黄浆水喝起来也不用讲究什么章法,小口小口地抿能行,一口喝完也行。离了这一小碗黄浆水,热豆腐就少了几分回味,它带着一丝微不可察的苦味,顺着口腔,经过食道,最终与热豆腐在胃里相遇,同时食客心中那股意犹未尽的感觉也终于被消解。

所以,也有人讲,不喝黄浆水,只能算吃了一半热豆腐。

当地人每天早晨都会重复这种进餐仪式,把吃豆腐变成生活的一部分,让热豆腐成为时代美食的坐标。

离乡的杜曲浪子们,心硬如铁,你跟他聊杜曲的来历与历史,他挠挠头说,哦;你跟他讲康有为当年游览长安,落脚杜曲,然后喝大过,他无动于衷;你讲这里是长安五曲之一,八大古镇,他面无表情。

你提到热豆腐,他的表情终于开始松动,跟你回忆当年被奶奶带着在杜曲赶集第一次吃热豆腐的那个遥远的早晨,那种感觉像奥雷连诺上校他爹再次摸到冰块时宣称的那样,"这是我们这个时代最伟大的发明"。

热豆腐是平民饮食,除了陕西杜曲,河南、山东等地也有吃热豆腐的习惯,只不过料汁不同。

《天下粮仓》里,王干炬一边叮嘱老宋头拨好算盘,一边把剩成块的豆腐

Living in Xi'an: An Alternative View

下入滚水锅，吃到得意处甚至唱起了九族快乐歌，"吃了咸菜滚豆腐，皇帝老子不及吾"。

朱自清两次写到过他父亲，一次是你便站在此处，我去买些橘子；一次是小时候的冬季，父亲在"洋炉子"里给他们白水煮豆腐蘸酱油吃，那种朴素而绵长的滋味，令他永生难忘。

实际上，平民饮食在多数情况下不见得味道有多么好，食材往往显得单调，人们研发美食的时候，便只能依据手里的材料，完成对美味的想象与构建，无法普照所有人的味蕾。

卖热豆腐的摊位上，食客们一边吃着热豆腐一边交流，尽是些生活琐碎，那些忧愁、无奈、喜乐，最后尽数随着热豆腐吞咽进腹中。

所以也有人讲，热豆腐摊子的桌椅上被盘出来的包浆里，都渗透着人情世故，它即是往事本身。

有时候身在外地的杜曲人，深夜刷到热豆腐的视频，那些往事便随风呼啸着铺满整个少陵原。一看就是大半夜，末了去阳台抽一根烟，想来想去，最后在评论区里留言，今晚外面的风有点大，有点迷眼睛，我想我奶奶了。

尽管如今杜曲只剩下三家卖热豆腐的摊位，味道各有不同，但也没有谁讲自己更正宗，大家都只是各守一方小天地，招待自己的熟客。

短视频的文案里讲，杜曲的热豆腐有一千多年的历史，虽然经不起推敲，但将错就错，照这么看闲坐摊前吃豆腐，今人与古人过得差不多，只是手里多了一部手机。

也有人讲，判断一个人是不是杜曲人，只要看他吃热豆腐时会不会拍照就行。那些通过短视频或者朋友介绍专程跑过来的食客，对眼前的一切感到好奇。

这形成了一种奇怪的张力，互联网上百万播放量，人们在视频下热烈讨论，但实际上卖热豆腐的摊位却又在不断减少。

有人讲，医院对面卖热豆腐的，好长时间不见了。

穿着花衫衫卖热豆腐的婶子，有时候会跟顾客聊起年轻时卖热豆腐的经历，像是因为醒得太早，在早晨九点多又忽然陷入困倦，继而梦见了一段不复存在的辽阔时光。

她分析用杜曲哪里的水做出来的豆腐更好，回忆卖热豆腐的光辉时代。

那时杜曲卖热豆腐的人不少，大家都年轻，浑身有使不完的力气，对卖热豆腐爱得深沉，不仅制霸早餐市场，也曾在多处的夜市里叱咤风云。谁能想，也就几十年的工夫，杜曲卖热豆腐的就剩下三家了。自己要弄不动了，以后也就不卖了。

我说，没有什么事与物是坚固而不消散的，没有谁能抗拒得了时代的潮汐巨力，胡辣汤与豆腐脑统一西安早餐。有人玩笑道，古今多少事，"豆腐"（都付）笑谈中。

人们偶尔会在新华街见到一个开着农用三轮摩托卖热豆腐的光头老汉，像孤独的游骑兵出没在长安的大地上，又有点像是堂吉诃德，努力地在为热豆腐拓宽地图。

未来的事儿，谁又能尽在掌握中呢？热豆腐有可能会消失，也有可能会延续下去。但永远有人会记得自己曾经吃着热豆腐的美好时刻。

西安次要生活观察

我去了最热闹最江湖的王曲庙会

我对王曲庙会向往已久。

去年因为瞳过了头，只赶上最后半天，看得不太尽兴。今年二月初八，一大早我就站在了去王曲的公交车站前，最终在错过三趟车之后，成功挤上了4路车。

我对王曲庙会向往已久。

去年因为睡过了头，只赶上最后半天，看得不太尽兴。今年二月初八，一大早我就站在了去王曲的公交车站前。最终在错过三趟车之后，成功挤上了4-18路车。

车里拥挤到根本看不见售票员。一路上，只能听到她的声音不断地在车厢里转来转去：只到王曲路口！啊！对，庙会把路都封了！车进不去！谁给抱娃的师傅让个座！嫑挤咧，上不来，后面还有车！回去的时候，335、332都能坐！

一路站到了王曲路口，感觉车里所有人都长舒了一口气，站我旁边的大爷，下车后再看，感觉他整个人的肚子都大了一圈。路口处早已经有村民在招徕客人，3块钱一位。载客工具多数就是自家用的三轮摩托，平时主要拉农具、农产品，在庙会这天改一下，就用来载人。

不过，我已经被王曲庙会导游图上的节目单给深深地吸引住了。看起来都是宝藏节目，种类齐全，古典加现代，尤其是第三个《潇洒王子》，令人非常心动。但很快，我就放弃了。

一来是，我发现，我还是来晚了。庙会初七就开始了，初八是最后一天。二来是，这些节目的表演，不在王曲。我有点遗憾。但很快，这点遗憾就消散在春风里了。因为，庙会唯一不缺的就是热闹。

四面八方而来的人们，在这里组成了一个流动江湖。

卖氢气球、卖狗皮膏药、卖电池、卖火柴、卖胶水、卖甘蔗、卖便宜衣服、卖五金、卖凉皮、卖饸饹、炒凉粉的小商贩们，在这么大的一片江湖里，各显神通，个个是姜太公，逛庙会的人在他们眼里是等着上钩的鱼。

我站在一个卖胶水的摊位前，听得津津有味。老板正跟一个老头宣称自己的胶水巨牛，文案动人：金银铜铁锡，楼房漏水都能粘；咱这胶水，能粘飞机和大炮，感情破裂也能粘。配料好，包装新，何况一双运动鞋！

大爷听完后，觉得很满意，然后爽快地买了一支万能胶水。

庙会上的商品是不是畅销，主要就取决于是不是价格低、耐用和推销的贯口。卖甘蔗的反复用扬声器宣称自己的甘蔗甜到黏手。卖丝巾的，先是亮出价格，然后讲为什么要买她的丝巾："5块钱，买包烟一抽就没了，买盒泡面一吃就完了。买我一条丝巾，能用七年，老姐妹看了羡慕得要死，孩子看了夸你

Living in Xi'an: An Alternative View

有品位，老公看了，更爱你。"

除了一些夸张搞怪的，在这个庙会上，依然还留着一些古早味的游戏，比如从 1 写到 300、射击游戏、套圈游戏。这类摊主多数时候沉默不语，热情全部用在鼓励付钱玩游戏的人身上，中奖的，他们激动地直呼"牛×"，没中奖的也能好言安慰：多试几次，说不定就能中奖。我甚至在想，有人掏 10 块钱，中不中奖不重要，就是为了听听摊主怎么鼓励他。

因为一开始打算直接先去城隍庙，所以路两边的热闹我并没有太多关注。在我的印象中，要论起热闹来，城隍庙跟前，十里八乡的锣鼓队之间的比拼才算得上真正的热闹。

出于环保的考虑，今年的庙门口有专人发香，不再允许前来烧香的人自己带香，而且还用隔离栏来控制人数。我对今年限制烧高香的行为，倒是挺满意的，最起码不用在烟雾缭绕中一边擦眼泪，一边看人敲锣打鼓。人们在庙外烧了香，看几分钟锣鼓队的表演，就纷纷涌入城隍庙中。这座庙虽然不大，但是来头很大，全称是"南七北六十三省总城隍庙"。

庙门口的拥挤程度是 4-18 路的四五倍，我在庙周围转了一圈，发现旁边有个小侧门，几位大妈想从此处进入，结果被维持秩序的大爷拦住，义正词严地表示城隍爷最讨厌走后门的。

城隍庙的外围，是算命先生们的天下，坐镇此处，为迷途的"羔羊"解疑答惑。在庙会上当一名算命先生，几乎不需要什么技术含量。只需要抽着烟，一边听人诉说，一边沟通神灵。

沟通快的，甚至能现场作法。具体做法就是口中念念有词，从"羔羊"的头部开始按，依次拍打全身。算命先生这里，生活中的任何不顺利，只要请来神仙拍打一顿，就会迎刃而解。

这在我看来一点都不觉得奇怪，毕竟在庙会上，前来捞外快的神仙并不少见，大师兄孙悟空，早就提着棒子，在庙会上跟游人玩合影了。当然，跟算命先生请下来的过路神仙一样，大师兄有时候也会拍打一顿迷途的"羔羊"。

拍打不拍打，怎么拍打，一般取决于，跟他合影的人有没有给钱。

相比于大师兄这种讨人嫌而言，我还是偏爱庙会上勤劳肯干卖烤肉的八戒。不过这是去年看到的。今年王曲庙会上卖烤肉的，几乎全都是阿里巴巴烤肉，

Living in Xi'an: An Alternative View

品牌统一上跟卖臭豆腐的有一拼。卖饸饹、凉粉或者大肉辣子疙瘩的，特别能勾起人的食欲，十几米之外就能闻到调料的香味。店里坐着食客，老板在外面不停地忙碌着盛饭。

本身于我而言——庙会有热闹就够了，哪怕这种热闹是表面的热闹，是有别于日常生活中的那种热闹。日常生活中的热闹，在我看来就是古龙所讲的那种菜市场式的热闹。

但庙会上的热闹是不同的。

一个人若是放他去菜市场跟放他去庙会，会有两种不同的结果。前者可能会心情突然明朗开来，但后者一定会选择当场蹦迪。因为庙会，无论在任何时候去，都会给人热气腾腾的江湖感。

不到现场，也没关系。

早已经有主播们，在线分享这种热闹。我偶然碰到一个主播妹子，化了淡妆，举着手机，边走边说："谢谢××哥哥的玫瑰。"打开一个APP，发现已经有人上传了许多王曲庙会的短视频。

但在我心里，把王者的位置，永远留给了去年在庙会上开着自制奔驰的主播。

逛了差不多一整天，就这么两手空空地回去，总感觉缺点什么，还好功夫不负有心人，最终，我在一个摊位前，挑了一个食品放大器的模型，准备带回去给城里的朋友们开开眼。

Living in Xi'an: An Alternative View

西安次要生活观察

黑夜
让这些长安区老汉更兴奋

在强身健体这条路上，活跃在长安广场的人们，从来没有让人失望过。跳舞的、踢毽子的、打羽毛球的、打牌的、舞龙的……你随时都能见得到在此锻炼的人。

西安次要生活观察

在强身健体这条路上，活跃在长安广场的人们，从来没有让人失望过。跳舞的、踢毽子的、打羽毛球的、打猴的、舞龙的……你随时都能见到在此锻炼的人。

但矗立着单杠、双杠的区域，尽管还不到十平方米，却是整个广场最神秘的区域。其他区域可以是任何人的，但只有这里，是独属于老汉们的。

总有误入这片神秘区域的普通人为之沉迷，有时候是被老汉们的那一身线条分明的肌肉给迷住，有时候则是因为他们大胆而又奔放的健身动作。会不由自主地对"夕阳红"这三个字产生尊敬和更深刻的理解。

很少有人敢去想象自己以后会成为这样的老汉，毕竟他们的健身动作难度太大了。

年轻人的想象力只允许他们想象自己到老年的时候，会成为广场舞队伍的领舞，当一只花花世界里的蝴蝶。

健身老汉们一般选择在傍晚七点半之后降临此处，然后彼此简单交流一下电视里看到的世界局势，给出简单看法，之后便不再多言，迅速投入到健身之中，享受着燃烧卡路里所带来的愉悦。

降临广场的时间显然是精心挑选过的：儿女们都已下班到家，小孙子在家有人照顾，新闻联播也播放完了。他们抬头看看窗外，起身换好衣服，然后随着逐渐笼罩大地的暮色，迈步往长安广场的方向走去。

距离健身器材区往西北方向754米外的夜市上人声鼎沸，店里的伙计脚步轻快，端着一盘接一盘的烤肉以及花毛，黄家驹的歌不知从哪家店里传出，原谅我这一生不羁放纵爱自由，但很快又被食客与伙计的声音盖住；100米外的广场边角上，是对着陀螺用力挥鞭的老头以及其他奇怪的运动器械玩家；50米处是跟着音箱里的舞曲舞动的广场舞舞者们，怎么也逃不出，这花花的世界……

总之，附近的世界在傍晚的七点半后陷入一片巨大的嘈杂之中，各种声音如潮水一样从四面八方涌过来，但只有在这方天地里，除了老汉们做花样俯卧撑时候的呼吸声，一切都是静默的。

健身区的老汉们像隐没在深水之中的礁石一样沉默，仿佛没什么能值得他们多看两眼，包括6米之外，跳舞的女性都不行。

Living in Xi'an: An Alternative View

西安次要生活观察

有人喜欢跳舞，但那是这片广场50米之外的要发生或者正在发生的事情。健身区的老汉们不需要，他宁愿把自己的胸肌练得更大，或者探索开发更多关于健身的姿势。

在长安广场上，能对身体有绝对掌控，能随时吃得下一大碗油泼面，能在单杠上翻飞，有脱掉上衣就能吓到人的体形，随时散发着老骥伏枥的荷尔蒙，才能有资格被称作老汉。

一开始，不是所有人都会献上尊敬。

广场上，总有一些不服输的愣头青，想趁着年轻跟老汉较量一下，到底谁能做更多的俯卧撑。"这能有多难？不就几个俯卧撑嘛，简单的跟个啥一样！"带着初生牛犊不怕虎的心态，广场上好几个年轻人想在老汉们跟前展示一下后浪的力量。

直到看见老汉们默不作声地拿出了腹肌轮，他们才会忽然反应过来，老汉们刚才喊着八拍做的十组俯卧撑只是在热身。

"牛皮！服了。"

每当听到这种赞叹，老汉们嘴角会露出一丝不易察觉的笑容。跳广场舞的，跳完一支舞曲，都得停下来缓一大会儿。

而老汉们在十组俯卧撑、四组腹肌轮之后，来个倒立就能脉动回来。

老汉们的眼中，人生的美好，从来不是挽起一个人的手，轻旋快步，跳了一支舞，而是在人生还没有抵达终点之前，握紧单杠，来上一组引体向上，或者几个大回环。

"家里的合疗本，打办下来，我就没用过。"健硕的身体给老汉们驾驭单杠、双杠以及腹肌轮的底气。

在这个人口过千万的城市里，城区边界越过城墙，然后不断向外蔓延。撤县改区的多年后，虽然依旧有人称呼这里为长安县，但长安区的土地上生长最多的不再是庄稼，而是越来越多的高楼。

人们乐见高楼替代庄稼，渴望过上跟城里人一样的生活。但时代的风再如何吹拂在这片土地上，都没有改变这群老汉。

时间只是让他们变秃，但阻止不了他们变强，就连卖保健品的骗子们，见了他们的肌肉之后，都会绕道而行。

Living in Xi'an: An Alternative View

过去，他们是庄稼地里的强者，现在他们是冲锋在 street workout（街头锻炼）领域的悍将。

这里没有健身房的教练，最多的就是盯着一堆铁器，琢磨着如何锻炼身体某一块儿肌肉群组的老汉。

偶尔交谈几句，就是问你在单杠上能来几下，并顺手展示几个动作。

"这不跟干农活儿一样简单嘛！"老汉们只会跟你这么说。

即便是长安区已经有了大大小小的健身房，但老汉们依旧选择了在广场的健身区待着，这让他们感觉到放松，一切都令人觉得熟悉。

握住双杠的时候，总会令他们想起年轻时候，在庄稼地里干活儿双手握紧手扶拖拉机时的那种掌控感。

尤其是下杠时的劈叉动作，也就只有曾经驾驶过手扶拖拉机驰骋在坑坑洼洼的土路上的汉子才敢做。这种二十世纪七八十年代流行于中国乡镇的柴油动力运输工具和农业机械，就像曲江池的红鬃烈马一样，最大的特点就是容易把司机甩出车外，只有硬汉才能自如驾驭。

寥寥可数的围观者，总会在此时恰如其分地发出惊叹。

"我可能也能这样劈叉，除非给我现在叫一辆救护车放旁边。"夜风中有人在窃窃私语。

城市化的风吹拂长安区几十年，但对于这些老汉们来讲，比起眼前的高楼、远处的繁华夜市、耳中的动感舞曲，他们更迷恋的是来自青年时期光着膀子站在庄稼地里与天地搏斗的激情。

那是对于自身力量完全掌控所带来的愉悦感，随口分享的往事，都能让年轻人悄悄捂起心脏：一天割三亩地的麦子，挑得起三百斤的玉米。年轻时是侍弄土地的好手，现在是广场健身区的大手子。

尽管有围观的人，但老汉们从不向任何人发出邀请。只有当比自己更牛的人出现，他们才会停下手中的动作，像迷弟一样围上去，并要求对方展示一下。一个庄稼汉只会服气比自己种地种得还要好的庄稼汉。

也有围观的中年人，看着看着，内心就被点燃了，想要加入这支劲旅，老汉们从来不会拒绝任何一个想要变强的人。

在互联网以外的世界，人们的社交方式依旧是传统的。健身老汉同样需要

西安次要生活观察

结伴同行的人。

但结果往往是令健身老汉们失望的，很少有人能在他们手底下坚持过两个八拍。

"当老汉叔要求我躺下，然后迅速爬到我身上，那一刻，整个夏天消失了，时间开始变得模糊，就像过去了一个世纪那么漫长，我整个脑子里只剩下力不从心四个大字。等我爬起来，才发现，时间连半分钟都没过去。"

一个被健身老汉爬到身上，然后要求做蹬自行车动作的中年大哥，在"求饶"之后，从瑜伽垫上爬起来，喝了一口保温杯里的茶，然后呼哧带喘地跟围观在一起的朋友讲述自己的心路历程。

而老汉明显意犹未尽，只留下一句"你这不行么"，盘腿坐在瑜伽垫上，转头喊来另一个老汉，"来，给我身上爬。"

对健身老汉来讲，这句话只是打开年轻时每逢夏收、秋收站在地里扛袋子的记忆密钥。

他们会交换着，从一个老汉身上，爬到另一个老汉身上。或者，等待着一个老汉爬到自己身上。

大部分老年人更新自己朋友圈的方式，无非就是放飞自我，去广场或者公园载歌载舞。但老汉们并不会，他们只关心自己的身体够不够硬，能不能在80岁的时候，还能毫不费力地来一个劈叉。

作为健身区力量的顶点，老汉们从来不打算向任何前来求教的人藏私。

"这就是要多练习呢，每天都得练，我都练了十几年了。"一个胸肌练得比杰伦还要大的老汉这样分享自己对健身的理解。

虽然有人天天把"年轻时候不健身，老了之后一身病"挂在嘴边，但对生活的真正践行者，是这群老汉。

城市与乡村的界限变得越来越模糊，远处高楼上的房间亮起灯火，人们再也看不到群山，马路上车流依旧，广场上跳舞的人们早就歇下来了。

夜幕覆盖的长安，只有健身的老汉依旧保持着运动状态，用一个八拍接一个八拍的动作，向这片土地宣示着自己的力量。土地上不再生长庄稼的时候，他们就自己变成这片土地上的庄稼，向着时代生长。

夜晚十点，广场上的人群散去，人们约好明天的下一场舞会的时间，相互道别。打猴的停下手中的鞭子，转身消失在夜幕中。

只有走进这个神秘区域的人，可能永远都忘不了，这个夏天，夜幕覆盖的长安广场，一个健身的老汉满身大汗的那一幕了……

西安次要生活观察

户县"摇火车",
看完之后脑瓜子嗡嗡响了好几天

这就是户县"摇火车",遗落在城乡边缘的热舞。

即便你没有去过户县,也无须担心。在由智能手机串联起来的互联网短视频时代,人们已经能熟稔地举起手机,把眼前发生的一切如实记录。

西安次要生活观察

生活学家尼德玛分享自己对于生活的理解时,是这样阐述的:It's so boring in this city. Nobody wants to dance.(这座城市太单调了,没有人想跳舞。)

无论乡村,还是都市,在那些或是低矮沉默或是高大冰冷的建筑物之外,在那些或是疏离或是浓烈的人际关系里,人们总会需要一场舞,给平凡的生活带来点躁动。

如果你到过户县的渼陂湖、天桥湖、庞光镇、余下镇、西河村、蒋村、户县高铁站……如果你足够幸运,出现的时间正合适,没有早一步或者晚一步,那一定会看到一群人挥舞手臂、晃动腰肢的壮观场景。

这就是户县"摇火车",遗落在城乡边缘的热舞。

开局一首 BGM,如何发挥全靠个人魅力。光是看看就足够精彩,这里个个都是人才。

即便你没有去过户县,也无须担心。在由智能手机串联起来的互联网短视频时代,人们已经能熟稔地举起手机,把眼前发生的一切如实记录。

只要你打开短视频 APP,你就有一定的概率,在互联网上看到户县老乡用实际行动向你展示,什么叫划船不用桨全靠浪。

我坚信,你已经看惯了路边、广场上千篇一律的广场舞,那些拉丁、探戈、迪斯科与民族舞,不能让你内心泛起更多的涟漪。它跟音乐节上的 pogo、迪厅里的热舞一样,只是到什么山头唱什么歌,你体验过,觉得新鲜过,之后又变得熟视无睹。

但户县"摇火车"到底是有些不同,不是来自特定环境,没有固定动作,它自然而生,就像雨后在乡野长出来的狗尿苔一样。没刷到过"摇火车"视频的人,根本不会相信,会有那么多人看过户县老乡在线摇摆。

强劲的神曲,集体摇摆的场面让人欲罢不能。尤其是站在队伍前列的"车头们",无论是衣着本身还是舞蹈动作,都别具一格。

"我四叔前年脑血栓,天天在村子的路上哆哆嗦嗦地练习走路,一直都不见好。自从'摇火车'之后,他才觉得自己是个正常人了,反正跟他日常走路没啥区别。"

不存在艺术的门槛,更无须文化的熏陶,探戈、拉丁、华尔兹、民族舞还起码有个基础教学，"摇火车"很单纯。BGM 不重要，舞步不重要，只要跟着前面的人一起摇摆，你马上就能栽进快乐老家的漩涡。

"摇火车"虽然没有固定动作，但每一辆火车头，即领舞的人，都在试图为这场舞蹈融入一些与众不同的元素，用全身每一块肌肉诠释"火车跑得好，全靠车头带"。

虽然"摇火车"队伍里的大多数人都年纪不轻，但这并不意味着这只是中老年人的阵地。

活跃在户县天桥湖"摇火车"队伍中的花衣哥就是这样一个典型。

不羁的发型，配一副圆框墨镜，尤其是一身以大花布作为主色调的服饰，已经能让他在任何场合都显得出类拔萃。

更要命的是他那变换的身法以及灵活的腰肢，摇完一曲，感觉盆骨都松了不少。

不过，当你真正了解了天桥湖这片神奇的土地，你才会发现，花衣哥无论是在舞姿还是在穿着上，都有些太年轻了。

天桥湖反串媒婆的大叔就给花衣哥上了一堂名为"如何理解姜还是老的辣这句话"的阅读理解课。

他大胆地把秦腔戏曲中媒婆的"服化道"加入广场舞服饰文化之中，用传统文化走出新路子，在广场舞界开辟出另一番新天地。

尤其是跟另一个老哥的一曲风花雪月的共舞，让人忍不住扪心自问，自己是不是已经到了无法接受新鲜事物的年纪了。

很少有人能在看过户县"摇火车"之后保持沉默。有人不以为然。有人跃跃欲试，想亲自下场，体验一回来自自然的放肆。

有人不顾舟车劳顿，一路直奔户县，就为了一次与"摇火车"的邂逅；有人则身体力行地把这种舞蹈带到了周至，带到了长安，带到了西安的城墙底下。

但从本质来讲，"摇火车"并不是一次创新，而是回潮。

顺着短视频底下的评论，我找到了自称是户县"摇火车"创始人的飞哥，他告诉我，"摇火车"从户县天桥湖到西安城墙根，其实是一次舞术界的内循环。

年轻时，飞哥是西安迪厅里随着音乐挥汗如雨的浪子，是灯球闪耀的舞池里不知疲倦的舞者。中年时，他返璞归真，文艺下乡，在广阔天地里，把在迪

西安次要生活观察

厅里的一身所学，种植在了乡村肥沃的土地上，最终孕育出了"摇火车"这朵盛开在户县大地上的奇葩。

这就像你知道城市化扩张会带来改变，但你永远不知道第一个改变是从什么地方开始。

你不好确定，撤县改区对户县带来多大的影响。只能隐约地感觉到，时代让城市与乡村之间的界限开始变得模糊起来，就像改名后把这里叫鄠邑区，也有人还把这里叫户县。一如笔者，也习惯以"户县"称之。

在这里，旧有的生活场景一去不返，每天一觉醒来，看到的都是崭新的事物。路过辽阔的广场、簇新的公园、平整的马路，远处传来的 BGM 都在问同样的问题：你要跳舞吗？

人们在城市化浪潮面前，唯一的选择就是顺势而为。

对于活了大半辈子的户县老汉叔们来讲，一个人并不是生来要给打败的，你尽可以改变他的语言，改变他的生活环境，可就是打不败他。

生活习惯虽然在改变，但曾经的务农生活，却让他们在广场舞这方面灵感不断，在艺术上不断推陈出新。

活跃在天桥湖的老汉叔，将多年来对鸡的观察融入了舞蹈之中，一招一式，看得人只想打鸣。

虽然身材走形，衣着简朴，但他们纯正的舞姿、肆意的快活，还是让他们收获了大妈们羡慕的目光。

不要小看任何一位户县老汉叔，因为你永远猜不到他的舞步。

岁月只能让他的容颜衰老，但无法遏制他们骚动的心和灵活的腰肢。

这里没有人擅长跳舞，或者说人人都擅长跳舞，只要跟着音乐扭动身体，每一个人就都是开心的。身在广场，却感受到了舞厅才有的快乐。

受他们影响，年轻的后辈也开始就地取材，从历史长河中打捞起杀马特元素，用迷幻的舞步，告诉人们，我的美，是别人永远模仿不来的高贵。

"其实跳舞主要的就是图一个开心"，户县的老汉叔这么跟我讲，"生活就是一个木乱嘀 him 的感叹接着一个木乱嘀 him 的感叹。当你跳得足够投入的时候，你就会忘记生活的那些木乱。"

很难具体说明到底有多少人全情投入这场劲舞摇摆之中。即便是他们自己知道，自己的舞蹈在技术上还有广阔的进步空间。

埃特加·凯雷特的《银河系边缘的小失常》里写道，一条等人们熟睡之后才从鱼缸里出来坐在客厅沙发上看电视的金鱼，在凌晨四点，关掉电视，返回鱼缸。它把电视调到静音，快速换台，看什么并不重要，重要的是有这吉光片羽的透气时刻。

从这个角度来讲，跳舞就是一个可供浮出水面的出口，舞姿好看与否并不重要，重要的是投入。哪怕是只跟着"火车头"拉起来的队伍走那么几圈。

当 BGM 响起，你就会知道参与集体性音乐运动在户县到底是什么感受。

从小到大，我们接受的都是如何成为一个成功人士，上学、工作的时候要力争第一。我们也把自己带入到成功人士的视角，压力无处不在。但原来，做一个普通人，以及一个普通人的快乐会有多简单。

都市年轻人有自己的 Livehouse，城乡中老年人有自己的广场舞，"摇头晃脑不跟俺这广场舞一样吗？'开火车'跟'摇火车'并无本质上的区别。我们只是在不同的背景音乐里，和这个时代共舞。风一直吹，但到达终点之前要学会寻找快乐。"

1994 年，窦唯在歌里唱道，到底怎样才算好不算坏，到底怎样才能适应这个时代？

当人们在户县的这些地方，面对着挥舞手臂、扭动腰肢的人们，面对着那些高亢动感的 BGM 时，肯定体会到了某种与生活紧密相关的东西。

西安次要生活观察

长安的麦地里，
文艺青年含量已经严重超标

所有到过中江兆村的西安人，别的没记住，就只记住了四个字：风吹麦浪。

160路的司机已经习惯了。在一些春末夏初的早晨，从地铁二号线韦曲南站搭上满满一车人，然后看着他们在中江兆村这一站忽然全都下车。

所有到过中江兆村的西安人，别的没记住，就只记住了四个字：风吹麦浪。

960路的司机已经习惯了，在一些春末夏初的早晨，从地铁二号线韦曲南站接上满满一车人，然后看着他们在中江兆村这一站忽然全都下车。

乘客不全是中江兆村的村民，多数是从西安各处赶来的城里人，还有婚纱摄影、短视频从业者和慕名来打卡的年轻人，从下车开始他们就目不斜视步履不停，直到抵达那片麦田。

在中江兆村的麦田里，文艺青年含量已经严重超标。他们盛赞眼前这片麦田就是诗和远方，然后给出总结：这里每一帧都很宫崎骏。

在扎人的麦芒以及灼人的阳光中，他们把自己交给眼前这片麦田，然后各种角度构图。能不能出片，全看今天起风刮的麦浪大小。所以也有人讲，他们都是纯粹的浪子。

19世纪大文豪巴尔扎克曾经不无幽怨地讲："我需要休息，让我的大脑重新焕发活力，而旅行就能让我得到休息。但是要能去旅行，就必须得有钱；为了能赚到钱，我必须要工作……我陷入了一个恶性循环里，根本不可能逃出魔爪。"

如果巴尔扎克是生活在当下西安的文艺青年，想必就没有这么幽怨，他会乐滋滋地在网络上分享自己的欧洲之行，分享自己的曼哈顿、奈良之行，还有大理喜洲之行。

但也有人讲，文艺青年发到社交媒体上的话，你只信一半就好。

如果以上地名前面都有一个"小"字，说明其实他只是去了唐村、罗曼小镇、浐灞广运大桥、曲江寒窑南路、旬邑。

以及中江兆村。

无法细说到底有多少西安人去过中江兆村的麦田，这就跟烤肉摊上的中年大哥到底有多少伙计一样难以统计。

你的西安朋友，早上还好好的一个人，跟你聊城市扩张中的得与失，讨论股票投资等，下午或者隔天就已经站在了中江兆村的麦地里，朋友圈配的文案是"人生很短，不要活得太累"。

很多时候，中江兆村的麦田突然就会出现在你的眼前——瞳孔里突然闯进来大片的绿，在风中摇曳的绿，在BGM中升华的绿——可能就在一个平常的午后,它以九宫格或者视频出现在某个好友的周末朋友圈中,或者是某个 APP 中大数据觉得你应该看看,要想过得好,生活带点绿。

某种意义来讲,在西安,当你在各种 APP 的"同城"栏里看到麦浪,就已经到了中江兆村。

有一个自驾中江兆村的视频,点开是航拍的中江兆村麦田与孤零零停在路边的五菱宏光。博主说,还记得年少时的梦吗,像朵永不凋零的花,陪我经过那风吹雨打,看世事无常,看沧桑变化。

一些年轻的朋友讲,中江兆村的麦田容易让人拍照或者拍视频。

远处是连绵的黛色群山,山顶上趴着云朵,眼前是向着太阳愤怒生长的麦子。你与群山隔着一片麦田相互打量,你看着它,它看着你,然后自然地就想去麦地里凹个造型,突然想要文艺起来。

就连风从山上走下来,拂过麦子时簌簌的声音,都有点像是在你耳边低语:拍好了视频,建议 BGM 用周杰伦的《稻香》或者《爷爷泡的茶》。

在西安待的时间长了,才会明白"风吹麦浪"这四个字不是统称,而是中江兆村的昵称。

在公司的办公室,当一个人开始听歌手李健的《风吹麦浪》,他的意思是,该去中江兆村了;当一个西安人在网上写下"风吹麦浪"这四个字,他的意思是,自己刚去过中江兆村;甚至本地媒体,在今天的新闻里开始播放一段麦田航拍时,他意思也是快去中江兆村吧。

有人选择在清晨出门,早到神禾塬尚未睡醒,他开车一路直达中江兆村,然后进村向北拐上一个小坡,最后站在高处开始俯瞰这片巨大的麦田,快活得像一架刚起飞的无人机。

有人在黄昏固守,据说那会儿的光线最适合出片,凹完造型,一展腰的工夫,白云消散,天光就远去了,山与麦田都变得沉默,狗叫声从村庄传来,飘到耳边时模糊得像是一声叹息。他可能因此错过最后一趟公交。

也有人说自己去的时候是个雨天,是那种下着温柔小雨的雨天,群山被雾气包裹,影影绰绰,麦子的色调比以往要重很多,然后自然而然地想起了《暗店街》里的开头,我的过去,一片朦胧。

还是中江兆村的麦田。

西安次要生活观察

一位中年大哥讲，自己从来都没受过那么重的伤。

去年为了去中江兆村拍麦田，他从4月份就买了9块9十二节课的"零基础拍出让人点赞过万的短视频大片"，专门花心思研究了怎样拍麦田，终于在5月底实现了中江兆村之行，把视频发到网上，结果被人嘲笑到无地自容。

我一个朋友，汉语言文学专业毕业，正儿八经本科，校区在长安区。

前两年毕业之后，没去处，转行当了摄影师，跟人合伙在南稍门附近租了个门面当摄影工作室。

揽客秘诀就是定期在网上发一些西安市内或者周边有多么能出片，最近靠着麦浪，接了不少生意。如果有人留言问具体地址，他就给回复，然后私信推销一套风吹麦浪主题的个人写真收费标准（送视频），问要不要去拍一下，效果很不错。

他说带人去拍麦浪，不要去得太早，3月初麦苗才起身，看上去长得像韭菜，一些买股票基金的客户见了就会触景生情，然后不由自主地落泪；也不要去得太迟，"算黄算割"叫的时候再去拍，就算太迟，只能拍成"长安北北喜获丰收"主题的农业风格大片。而且那时候的麦芒坚硬如铁，像忠诚的骑士拱卫麦粒，一些想站在麦地里拍照的客户被扎得哭爹喊娘的。

最好就是5月份去拍，麦田包容万物，穿什么服装都行，一天拍下来，网上能多出十几个标题里带着"宫崎骏动画世界"关键词的风吹麦浪帖文。

你搞不清楚，为什么一大片麦田就能治愈你。

你只能去感受它，等待它，等季节捎来消息，像是握不住的风。

有时候你蹲在田埂上也会想，是不是身处的世界在不断变小，要不然网络上哪里来的那么多套着滤镜的小曼哈顿、小镰仓、小奈良以及小西湖。

就像你没搞清楚，"诗和远方"是如何从西藏挪到了长安区的这个村子，都没构思好拍视频时用什么BGM，就已经到了。

朋友说，你自己感悟，在这个世界上，一些问题注定是没有答案的。如果生活要受苦，多数人都做不到像圣地亚哥那样，勇猛地操着一把断桨赶走所有鲨鱼，都只是划着断桨出发，划到哪里算哪里，不过这也不错。

从地头路过的北北，吧嗒吧嗒抽着旱烟，看着麦地跟前拍照的人，闹不清楚麦有个啥看头，并时不时地提醒人，不要把麦踏了。

Living in Xi'an: An Alternative View

你跟他搭话,聊到眼前的风景,问他知不知道宫崎骏,他把烟锅挪到嘴角,说:"没听过,村里没这户人家,你不行了去别的村问问。"

在傍晚,倦鸟入林,看上去像空中忽然多出一些游动的小黑点,然后接着融入一个个阴影中,这些阴影不断相融,山于是变成了巨大的阴影。

最后一趟960路公交车抵达中江兆村,载上返回城市的人,一路开向韦曲南。乘客们随着车速快慢,被惯性带着在半明半暗的车厢里左摇右摆,像地里茁壮生长的麦子被风拂过一样。

等车辆到站,人们鱼贯下车,而后又涌向地铁站,奔向各自的真实生活。

提示:珍惜农作物,拍照请勿踩踏小麦。

西安次要生活观察

为什么一些西安人喜欢看云海?

这段时间,我看到过很多次西安的云海,在手机里。

不过,在西安看云海不是一件容易的事。

西安次要生活观察

这段时间，我看到过很多次西安的云海，在手机里。

人们在西安不同的山头，看完云海之后，配上不同的背景音乐，最后发到短视频平台上。也就是说，西安人这一辈子迟早要进山看至少一次云海，并在下山之后，找个有信号的地方，给自己拍到的云海配上一曲背景音乐，并且这跟文化程度没有多大关系。

这些背景音乐五花八门，有人看完云海，喜欢"取一杯天上的水，照着明月人世间晃呀晃"；有人面朝云海，配一首"想带你去看晴空万里，想大声告诉你我为你着迷"；有人坐在山顶包饺子，背后是云海，配一首"火辣辣的老妹你贼拉拉的美"；有人在南五台看完云海，兴许是饿了，配了一个"孙悟空，你要是搬不来救兵，唐僧就让我吃了"……总之，你要是乐意，也可以给配个《西安人的歌》。

而一些西安人拍的云海，你点开一看，无人机视角，俯瞰云海翻滚，背景音乐是令狐冲在念诗：天下风云出我辈，一入江湖岁月催。皇图霸业谈笑中，不胜人生一场醉。

我把视频发给一个经常爬山的朋友看，他看完之后说，没点生活阅历，没有沉淀，都想不到这个背景音乐。

我说也不全是，十几年前，在街上还能见到一些非主流，那会儿西安有很多网吧，我在很多人的 QQ 空间里看到过一句话，叫"醉笑陪君三千场，不诉离殇"。

朋友连忙摆摆手，说，这不一样。这一句只适合小伙子，刚进入社会的那种，如同年轻时候的我，对生活的理解充满了不可思议的肤浅，在 KTV 里热衷唱许巍的"曾梦想仗剑走天涯"，认为生活就是每天温酒斩一个华雄。前些年熬夜看网络小说，看到激动处，我还会摘抄网络小说里"手握日月摘星辰，世间无物这般人"发到朋友圈。那样不好，显得中二且不稳重，是对生活的不尊重。

但令狐冲念诗不一样，这背景音乐适合有点经历的中年人。站在山顶看着云海，被山风吹乱几次地中海发型后才会下山，然后他开始发云海的视频、照片，以及让令狐冲念诗。别人以为他是犯了中二病，但只有他知道，电影一开始，令狐冲就是要退出江湖，打算过普通日子了。

我微信有个好友，ID 名字叫侠之大者，朋友圈抬头的简介写着"我命由

Living in Xi'an: An Alternative View

西安次要生活观察

我不由天"。他是个米线店的老板，左手手腕文着用装着蓝墨水的钢笔扎出来的蛇盘剑，右手虎口的蝎子文身有点褪色，五短身材，人很热情，长得有点像有头发的刘能。他喜欢看武侠小说，没客人的时候，就坐在他空空的米线店里，一手拿着苹果，一手拿着手机，看盗版武侠小说或者看那种带你一分钟看完某部港产武侠电影的短视频，那个时候男女主角还不是统一被叫作大壮跟小美。有段时间他反复观看《笑傲江湖之东方不败》解说，从令狐冲看到东方不败，再看到关于这部电影的花絮八卦，乐此不疲。

两年前米线店的生意越来越差，他就趁机关了店，把当时拉菜的五菱宏光收拾了一下，转行当司机，常年蹲在西安的山里拉上山下山的人，跑一趟价格不定，人少就收高点，人多了就打点折。微信名字也改成了摆渡人。

开车的时候，他就跟客户攀谈。讲山是个好东西，一年四季，都适合来逛一下的。从春天的花，聊到夏天的风，再到秋天的红叶、云海以及冬天的雪。客户如果情绪低落，讲年轻时候把一切想得很美好，觉得自己无所不能，生活很有奔头，没想到钱越来越难挣了，也越来越明白，自己其实就是个普通人，难受。

他就讲，我懂。以前看过一个老电影，李连杰演的令狐冲，你知道吧，武功那么高，身经百战，见过大风大浪，江湖上谁见了都得拱手喊一声令狐少侠，但他最想的其实是远离江湖纷扰，不打算当少侠了，只想过上普通人的日子。打打杀杀固然精彩，但能活下来过普通生活才是大赢家。客户听完就说，学到了，只叹江湖几人回，开心也挺好。

然后大家一起在车厢里听《沧海一声笑》，聊一聊今天爬山的收获以及心得体会，聊得好了，他就加对方的微信，以后没准还能顺带卖点土鸡蛋跟土蜂蜜给客户。

有时候他也会爬山，登顶去看云海，配上令狐冲念诗的背景音乐发到朋友圈以及短视频账号上。要是有以前的客户留言说，这个好看，他就在底下回复，来嘛，咱是老朋友，多叫几个人，车费给你算便宜点。

不过，在西安看云海不是一件容易的事。

首先你得早起。没有人会在中午说要去爬山看云海，因为即便你上去了，也看不到什么。山也会觉得突兀，想这个人是不是有点问题，看云海来得这么

Living in Xi'an: An Alternative View

迟，可见是不懂自然规律。

以前一个朋友约我去爬山看云海，我问什么时候出发。他说，周六干早（大清早）。我说，干早太不具体了，我把握不住，你说准确时间。他想了想说，早上六点在体育场停车场门口集合出发。我说我不去了。

后来他发给我几段视频，拍的云海。

我问，什么感受？

他说，有点像是作为编外人员去打卡参加了一次天庭大会，全程后悔自己没学会御剑飞行。又有点想按下云头，说一声，师父，前方就是大唐地界了。

云海的存在，也很诗意。

群山伏在一片白浪的海中，山尖是孤悬的海岛。

你一看到，就会忘了爬山时的累。情绪随着山间的云海激荡，飘浮，最后被一一消解，散在山间，依附在树干上，像是梦到了一段不复存在的辽阔时光。

生命中的聚散太多了，就像眼前漂浮不定的云海一样。你突然这样感慨道。

然后你问身边的朋友，云海为什么翻腾不止？他如果有研究，就会讲，这是因为山顶太阳照射强烈，温度上升快，空气受热上升形成局部低气压，吸引山下的气流往山上爬升，秦岭山脊线海拔在2600—3700米之间，山谷风效应比较强，所以造成了云海翻腾的景象。

他要是没有研究过，就会随口现编，就像令狐冲站在东方不败身边突然念诗那样，云海为何翻滚？他说，因为云海的底下，是滚滚红尘。

你一听，觉得他完全是在胡说八道。但看着眼前的云海，就会想起一些朋友，一些在你火烧眉毛的生活之外的朋友。

我在短视频见到的那些爬山看云海的西安人，很自由，很洒脱。

有时他们对着镜头挥挥手，然后朝着云海方向冲过去。有时他们会对着云海忽然喊一嗓子。有时他们只是看着眼前的云海，放空自己，眼神很空洞。

总之，他们觉得生活缺少滋味了，就去爬山看云海。他觉得生活有滋味了，也会爬山看云海。

甚至要跳舞，也会去看着云海跳舞。有时候你会想，如果云海之上真的有天庭，一些西安人也敢摸过去，在南天门广场跳广场舞。

一些西安朋友总会比较文艺地讲，不管有什么压力，相信我，秦岭的云海会治愈你。南五台不行,就去嘉午台,嘉午台不行就去鹿角梁,鹿角梁不行就去冰晶顶。

我们生活在城市里,总会有迷失的时候。你在二号线某一站,比如在南稍门,会突然反问自己今天是几月几号,想掏出手机看一下,车还没到永宁门就想着算了不看了,因为记得清与记不清没多大差别,每天都差不多一样。也就是说关乎个人的某种精神危机早晚要来,闭眼没用,也躲闪不开,只要你在河道中,水浪总会拍向你。就像很多时候,我们总说没有人不会在钟楼盘道里迷路,但实际上,你可能也知道,让你迷失的,走错出口的,不是钟楼盘道,是你数不清的犹豫与迟疑。

所以说,找不到自己的时候,那就进山看看风景,看看云海。等你站在山顶,看着云海,你就会发现,你连上山的路都看不清,但没关系,朋友,路一直都在的。

你要跟我一样,喜欢看短视频,就会看到一些西安人这几年的变化,随便点开个账号,比如小张,账号的介绍就是"记录西安生活流水账"。

几年前短视频内容还在主攻城内,BGM 是《西安人的歌》,去了不夜城,去了博物馆,拍过 livehouse 里本地不知名乐队的演出,后来又在深夜南门城墙洞里跟着人一起唱"我曾经跨过山和大海,也穿过人山人海"。有时候也有几个在外地玩的视频,文案写的是诗和远方,我来了。现在的视频都是在西安周边游荡,看春天的花,夏天的溪流,秋天的红叶和冬天的第一场雪,光云海的视频就发了七八条,活得像个诗人一样。

所以你看到一个西安人的短视频账号,这段时间密集地出现过好几条看云海的视频,他其实并不是看云海有瘾。

你问他,经常爬山,膝盖能背住吗?他只会说,膝盖还行,但自己经常有点背不住,因此要到处走走,爬爬山,看看云海什么的,这会让自己平静许多,觉得生活还没那么单调。

回到令狐冲念诗。

其实我并不知道一些西安人在看完云海之后,为什么会配上这个背景音乐。高三的时候你听到令狐冲念诗,跟你现在"三高"之后听令狐冲念诗也许是两种感受,就像环视生活一圈,才会发现之前的心境跟现在的心境完全不同。

还是那个卖米线的老板。

他说前段时间约朋友一起去爬嘉午台,几个人一大早就出发进了山,那天山里起了很大的雾,很不好走。爬山特别累。

有个朋友问他,得爬到什么时候是个头?他说过了这两个山头就到。

那个朋友接着问,会不会过了这两个山头,还有两个山头?

他突然想起《笑傲江湖之东方不败》里令狐冲说过的话,于是就干脆照搬,说,这么多山头我有什么办法,咱们只好见一个过一个啦。

后来他在山顶看到了最壮观的云海,美得让人想要大哭一场,觉得爬山时受过的罪都值得。那样的情景,那样的氛围,他想赋诗一首,但最后只想到了令狐冲念的那首诗。下山后,虽然腿疼了好几天,但普通人的生活嘛,就是如此了,偶发性的侠客梦,然后见一座山头就翻一座山头。

去少陵原看日落吧，
我们的生活仍然美好

少陵原的日落，是西安最好的日落。我今年去看过很多次。

第一次去，是在一个朋友的指点下。时间是在夏天的一个傍晚，具体哪天我忘了。总之，他说今晚不打算吃葫芦头了，要去少陵原看一次夕阳。

少陵原的日落，是西安最好的日落。我今年去看过很多次。

第一次去，是在一个朋友的指点下，时间是在夏天的一个傍晚，具体哪天我忘了。总之，他说今晚不打算吃葫芦头了，要去少陵原看一次夕阳。

我说这有什么好看的。他说，你不懂，去少陵原看日落这事，只有零次或者无数次。每天到了傍晚，很多西安人就要赶时间去少陵原上看日落，一些人是刚下班开着车过来的白领，一些人是附近工地上下工的建筑工人。

他们从城市四面八方来，面貌各有不同，但照着同一颗夕阳。

去少陵原看日落，一般来讲，是从北长安街走航天中路，或者从神舟三路，然后到少陵路。也有很多人喜欢走新修的下塬路，曲折迂回，从最底下拐过第一道弯，落日就撞入眼帘，上到最后一个弯道，东南方的山就在眼前。

经常听到有人讲，自己本来只是回家路过，但是没想到最后会把车撂在路边，然后像一架无人机一样，盘旋在少陵原，来回地看山。看日落，那段时光特别短暂，温柔，易逝，难以捕捉。

看完，然后回家。脑海里反复构想刚才的经历，夕阳与山，突然变得坦然，身心愉悦。到家老婆问，怎么喜滋滋的，涨工资了？他说不是，发现个好地方，明天带你去。

我说，这里有点儿意思，仿佛能听到陈奕迅在你耳边唱：好风景多的是，夕阳平常事，然而每天眼见的，永远不相似。

朋友说，你毕竟还算年轻，底子还是浅了点。在少陵原看日落，应该听梅艳芳的《夕阳之歌》，沉稳，通透，是天作之合，听完像是被打通了任督二脉，哪个看透我梦想是平淡。

我说你展开讲讲。

他点了一根烟，指向远处说，你每天出入写字楼，白天对着电脑，晚上对着手机，鼻孔里全是钢筋与水泥的味道。有上不完的班，干不完的活，内心永远紧绷。你回顾生活，才会发现，是一个重复接着一个重复。因此你得来少陵原看看。

所以，这里面有什么讲究？我问他。

他说，塬上地势高，正好与远处群山形成合围之势，结合底下长安的地形，你可以把这里当作一个罐子。而我们，就站在罐子的边缘。

Living in Xi'an: An Alternative View

西安次要生活观察

我问朋友，那这跟夕阳有什么关系呢？

"有感而发"，他伸手摸了摸上次去拔罐被轻微烫伤的后颈，解释道，"我也是最近才突然悟了。"

这城市有那么多人，在各处看过无数次日落，但在那些地方看日落不会有这样的感受。落日是一样的落日，但少陵原不一样。夕阳沉入塬底的楼群，像是有无形的手夹着燃烧的棉球，伸入眼前的罐子中。知道这意味着什么吗？

我说，意味着什么？

"拔火罐，一阵紧绷之后，突然而来的松弛"，他说，"在这里看夕阳，看完之后，就像是给心灵拔了一次罐，大脑放松，只有那一刻，感觉你的人生才是你自己的，会有一种如释重负的感觉。曾遇上几多风雨，不管是多么雄心壮志，经历过多少彩虹，到最后才懂梦想是平淡。这就是我为什么喜欢来这里的原因。"

我说我大概懂这种感受，人在疲惫的时候，想到的并不是软绵绵的东西，而是想去看看夕阳，在旷野中吹吹风。尤其是当身边的事物都在不断变化的时候，更要拥抱那些不变的事，比如去看落日。

后来，我去过很多次少陵原看日落。去多了之后，甚至感觉在少陵原看夕阳是许多西安人都干过的事。

他们将夕阳当作良师与益友，会在夕阳落下之前抵达少陵原。然后站在观景台上，就像是站在悠长命运的黄昏里，静静地看着夕阳出神。一直等到夕阳完全落下之后，他们会在心里说一句，谢谢你，明天见。

据说在少陵原看日落，最好的顺序是，先去西边的观景台，因为那会儿的光线还很耀眼，非要盯着看，就会不由自主流眼泪。所以，你要背对着太阳，看远方的群山。

小年轻总是毛毛躁躁地来到此处，夕阳与山色只不过是拍照的陪衬，这里不过是手机清单里诸多打卡地里的一个。他们在夕阳中，在某一棵树下，不断寻找合适的拍摄角度，之后又匆忙离去。如果再有一辆挂着"日落冰粉"字样的车，那就更好了，能再出一张片子。

但一些30岁往上走的男人就不会这么急躁，这个时候就只是静静地站在西边的观景台上跟远山与楼宇对视。然后扶着栏杆抽烟。如果时间还早，过一

Living in Xi'an: An Alternative View

西安次要生活观察

会儿他们就会再续上一根。

这个年纪的男人,我是懂得的。下班之后,就要在城市里找个地方抽一根烟,有时候是在地库的车里,有时候是在一个小摊的桌子前,有时候是在少陵原的风里,他抽一半,风抽一半。原本以为生活会优待自己,每月初朋友圈第一条文案都是"×月,请对我好点"。但生活没有道理可言,你能怎么办,只能带着伤去看看夕阳。

等第一缕光线开始柔和的时候,他们才会出发,去东边的观景台。

夕阳很直白,但总是很管用。

我在原上东边的观景台,见过一个男人,40岁往上,身形消瘦,一张风霜雕琢的脸,正在用手机延时记录一场日落。他讲自己的过往,初中时热爱诗歌,跟同桌一起研读海子的天地狭小,日子紧凑,也读博尔赫斯《深沉的玫瑰》,我给你瘦落的街道,绝望的落日……荒郊的月亮。后来初中毕业,没考上高中,他就跟人从老家出发来城市里刮大白,修水电,也干疏通下水道、修理楼房漏水的活儿。

他说自己早已经不读诗歌了,同桌也早就嫁人了,多年没有联系。但他总会在天气晴朗的傍晚,来看看日落。

他还说自己看日落的时候,什么都不干。有人打来电话,他就直接挂掉,然后一直等到夕阳完全落下,他才会回电话,跟对方讲自己刚骑着电瓶车在路上,不能接电话,因为最近交警查得严。

一些本地的北北,时常会在揽月阁广场舞开始的间隙里,在观景台附近等待一场落日。

他们有时候会回忆起某一段不复存在的辽阔时光,或是看着眼底的景象,窃窃私语现在变化真大,到处都是高楼,城市里咋这么多人,一眨眼的工夫,山河与故人原来的面目都变得模糊不清了。

金乌西沉,映得整个世界都变得温柔,北北们站在观景台下,忽然也被这场景所感染,于是掏出座机像素的手机,对着眼前的世界拍上几张。拍完再去对面广场,跟着音箱里的音乐跳一曲《粉红的回忆》,夏天便在舞步中悄悄过去了。

少陵原的日落有时候是下酒的菜。

忙了一天，约上伙计，就在少陵原找个视野开阔的地方，身边放上一箱"九度"，慢慢喝。看到夕阳毫不保留地浸染浮云与山色，就赶紧提一个。

人喝多了，就开始变得晕晕乎乎，记忆就像突然散开的云飘浮在空中，晚风吹来，一朵朵云闪过，顺手摘下一朵细看，里面全是从前：村口摇着尾巴的黄狗，留不住的初恋，在社会上闯荡时候的恩怨情仇以及随着烟尘消失的旧日野望。

最后在醉眼蒙眬中掏出手机，打给爱人。对方问，干啥？本来想说一句不知道从哪看来的诗，"今夜我不关心人类，我只想你"，又觉得太过文艺，只能拿着手机，用前置摄像头对着眼前的景色环绕一周，然后说，你看，好看吧。

还有一些西安人，可能因为太忙，去得晚了，夕阳已逝，他们就坐在暮色笼罩的草丛中，眼望着南山。

实际上，日落之后，不会立即就是黑夜，而是一点点升起的暮色。它笼罩万物，从任何地方都能升起，从远处的山上，从一棵草的叶子上，从相机不断调整的感光度和光圈以及人们的眼底升起。

眼前的树，开始变化，颜色逐渐深沉，远处的山变成铁幕，变成围栏，直至与黑夜融为一体。

人们在黑夜里席地而坐，拥有看不见的世界，以及清晰的自己。

晚风把观景台上的人群往东边吹去。春天买的露营装备，在此时又重获新生。

路边野餐，拖家带口，招呼人从汽车后备厢一点点搬出东西，饮茶，吃火锅，烧烤。就像是在普通生活里突然找到了一条紧急逃生通道，茶水沸腾，雾气直上，像是飘浮在黑夜里的一束狼烟。孩子在不远处草坪上打滚，于是人也忽然不紧绷了，变得舒展，跟老婆讲，你看我寻的这地方不错吧，昨天路过，完了之后就想带你跟娃一起来。过一会儿老婆点头，不错，以后常来。

晚风中人们各怀心事，倾吐秘密。

一个大哥给朋友讲，最近感觉压力很大，一睁眼，就想着要去挣钱。一整天都忙忙乱乱的。这会儿坐在这里，听到路边汽车的发动机声，都像是一阵遥远的叹息声。

另一个讲，兄弟，压力不会转变为动力，热情才会，压力只会转化成病历。

西安次要生活观察

你把生活看得太严肃了。关于生活，除了保持热情之外，不要想太多。

因此也有人讲，西安人的秘密，少陵原都知道。

总之，无数西安人来过这里，看日落，然后在黑夜里交谈，最后又各自散去。在一些路口，总会遇到站在夜空下捏着话筒唱歌的人，那些歌声，无视红绿灯，直接横穿马路，袭击你的耳膜。

朋友讲他上次路过一个路口，就加油站过去的那个路口，等红绿灯的时候有歌声从远处传来，仔细听是有人在唱《女儿情》。晚上做梦都能听到这首歌。

实际上，你要明白，夕阳只是夕阳，亘古未变，晚风吹过古人的脸庞，甚至我们误以为夕阳晚霞与晚风，这种东西还会有无数次，其实一生也没有几次。

但只要去看看夕阳，去晚风中站立一会儿，就会让你忘记白天里种种不快，变得释然，开始幻想光明未来。

还是那次看日落，我跟朋友待在少陵原上，一直到深夜。

走的时候，他说，有时候你会觉得很奇怪，你看那些看日落的人，那些或站或坐在晚风中的人，那些在广场上跳舞的人，那些在夜里唱歌难听的人，想他们也不懂得诗歌，却比很多人懂得生活。